LE VERGER DE POIRES

Nana Ekvtimishvili

LE VERGER DE POIRES

Traduit du géorgien
par Maïa Varsimashvili-Raphael
et Isabelle Ribadeau Dumas

Lausanne: LES ÉDITIONS NOIR SUR BLANC, 2023

ISBN : 9782882508874

Writers' House
of Georgia

La publication de cet ouvrage a bénéficié du soutien
de la Writers' House de Géorgie
L'édition originale géorgienne a paru sous le titre "მსხლების მინდორი"
en 2015 chez Bakur Sulakauri, Tbilissi

ISBN : 978-2-88250-887-4

1

La rue de Kertch n'est pas une rue comme les autres. C'est la seule rue à porter un nom dans cette banlieue de Tbilissi. Ici, le quartier se divise en microquartiers, sillonnés de rues anonymes. On y chercherait en vain des monuments, des édifices historiques, des statues de personnages célèbres, des fontaines... De chaque côté, des rangées d'immeubles d'habitation soviétiques bordent la rue. Çà et là, on aperçoit d'autres bâtiments : le Technicum d'industrie légère, bâti sur un terrain surélevé, doté d'un grand et large escalier et entouré de pins, un jardin d'enfants, une école secondaire portant un numéro comme toutes les écoles de Tbilissi, l'ancien local du central téléphonique automatique, un bureau de gestion publique du parc immobilier, une épicerie, un grand magasin Univermag et enfin l'« école des idiots »... C'est ainsi que les habitants du quartier appellent l'école-internat pour les enfants handicapés mentaux.

Dieu sait qui a eu l'idée, dans la Géorgie soviétique de 1974, de baptiser cette rue du nom d'une ville de Crimée. C'est dans cette ville qu'un beau jour d'octobre 1942, quand la mer encore chaude de l'été moutonnait sous la brise, l'armée nazie extermina les cent soixante mille prisonniers qu'elle y avait faits.

La rue de Kertch n'a rien à voir avec la ville dont elle porte le nom : ni vue sur mer ni bateaux ou brise venue de la mer Noire... Nous sommes à la fin du printemps. Un soleil de plomb fait fondre l'asphalte. Deux ou trois érables aux troncs minces grillent sous le soleil. De rares voitures passent. L'un des chiens allongés au bord de la route réussit à secouer sa paresse et suit l'une d'elles en aboyant jusqu'au carrefour, là où se trouve le magasin. Puis il s'arrête, l'accompagne d'un regard déçu, rebrousse chemin et revient vers ses congénères affalés dans la poussière.

Contrairement à la ville de Kertch, la rue de Kertch n'a pas de héros. Dans la ville assiégée, où l'armée nazie exterminait la population juive et non juive, dix mille soldats soviétiques livrèrent un combat acharné avant de subir une défaite définitive. Et c'est peut-être pour cela qu'après la guerre le pouvoir soviétique refusa à Kertch le titre de « ville héros ». Cela signifiait qu'aucune subvention de l'État ne lui serait accordée et que la ville devrait se reconstruire par ses propres moyens. Il a fallu attendre trente et un ans pour que Kertch se voie attribuer le titre de « ville héros », en 1973. C'est en son honneur que, peu de temps après, une rue de Tbilissi, appelée jusqu'ici route de Tianeti[1], a été rebaptisée. Le fait que Tianeti n'ait pas encore accompli d'exploits dignes d'une ville soviétique a sûrement joué un rôle.

Le temps passait et les témoins de la guerre dite patriotique, habitant la rue de Kertch et ses alentours, quittaient ce monde les uns après les autres. Les jours fériés, les anciens combattants, enfilant leurs vestes chargées de médailles, aimaient à se montrer, à exposer au soleil leurs torses décharnés et à arpenter prudemment le trottoir, d'un pas lent, mesuré… Plusieurs avaient un portrait de Staline chez eux, accroché au mur du salon. Ils étaient fiers de la victoire soviétique, bien qu'en quittant ce monde ils aient eu des doutes. Ils avaient transmis à leur progéniture une patrie sens dessus dessous. Leurs enfants et petits-enfants habitaient toujours la rue de Kertch et les rues avoisinantes, dans des logements construits selon les plans dits « moscovite » et « tchèque » ou dans des *khrouchtchevki*[2] au plafond bas. Ils faisaient la navette entre leur appartement, le jardin d'enfants, l'école et le travail.

---

1. Commune au nord-est de Tbilissi, dans la vallée de l'Iori. *(Toutes les notes sont des traductrices.)*

2. Immeubles d'habitation de cinq étages construits dans les années 1960 sous Khrouchtchev.

L'effondrement de l'URSS troubla ce train-train : les uns ne sortaient plus de chez eux, les autres préféraient flâner dans la rue, d'autres encore passaient leurs journées dans des meetings et des manifestations ; certains décrochèrent du mur la photo de Staline ou passèrent l'arme à gauche.

Les beaux jours d'une fin de printemps sont enfin arrivés. Dans le vieux bâtiment des bains de l'« école des idiots » de la rue de Kertch, Lela se tient debout sous le jet d'eau, tête baissée, épaules légèrement levées.

« Il faut que je tue Vano... »

Elle ferme les yeux et reste immobile.

« Je vais tuer Vano. Ils n'auront qu'à venir m'arrêter ! »

Une épaisse vapeur s'étend dans la pièce. Lela ferme le robinet. La fumée monte de son corps maigre et rougi. Au milieu de son dos frêle, sa colonne vertébrale, semblable à une corde torsadée, relie sa taille de guêpe à ses épaules un peu larges.

« Je vais le tuer. » Elle enfile sa chemise kaki et la boutonne. À côté d'elle, une chaise de classe qui traîne là depuis une éternité, en bois jaunâtre gondolé et aux bords éraflés, supporte un bout de savon ménager et un peigne aux dents cassées. Des habits pendent sur son dossier. Lela passe un pied après l'autre dans les jambes du pantalon, rentre sa chemise et serre sa ceinture.

« Je ne risque rien... Personne ne m'arrêtera. Ils vont dire que je suis une folle, une idiote... Au pire, ils m'enverront chez les fous. Et alors ? Ghnatso, le fils de Tariel, y a été enfermé, mais il en est sorti et il a repris sa vie comme avant... »

Lela passe rapidement ses doigts dans ses courts cheveux mouillés et s'ébroue comme un chien sortant de l'eau. La porte s'ouvre avec bruit. À travers le nuage de vapeur, Lela distingue une petite silhouette frêle.

Irakli, agrippé à la poignée de la porte, s'écrie :

– Tu es là ?

La fille, sans mot dire, continue à s'habiller. Elle enfile à grand-peine ses chaussettes sur ses pieds humides.

– Viens ! Ça fait longtemps que Dali t'appelle !

– Qu'est-ce qu'elle veut ?

Lela met ses Keds et les lace énergiquement. Le courant d'air venu du dehors dissipe la buée. On voit bien Irakli, planté devant la porte, avec ses oreilles pointues et ses yeux écarquillés. Il est essoufflé.

– Viens, Dali t'appelle... Les enfants sont montés au quatrième, dans la chambre aux lits, et ne veulent plus redescendre...

Le soleil brille. Il fait beau. Ils traversent le stade désert.

Le vaste hall du bâtiment, dallé de carreaux en mosaïque, conserve sa fraîcheur habituelle. Quelques cadres vides sont fixés au mur. Un extincteur est accroché à l'un d'eux.

Lela gravit l'escalier en hâte. Arrivée au quatrième étage, elle s'élance dans le couloir. La voix aiguë de Dali parvient de la pièce du fond.

Quelques mois auparavant, l'internat s'était vu octroyer une aide humanitaire de la part d'un ministère sous forme de lits en bois tout neufs. Alors on a monté au quatrième étage les lourds lits de fer, qui avaient fait leur temps, et on les a entreposés dans une chambre. À l'époque où cette chambre était une vraie chambre, quand on y couchait les enfants, l'eau s'était infiltrée dans le plafond. On avait eu beau faire venir des ouvriers pour le réparer, l'eau coulait toujours... On avait fait des travaux une deuxième fois, puis une troisième... Mais à chaque fois qu'il pleuvait, l'eau coulait du plafond... Peu à peu, c'était devenu normal. Dès que la pluie commençait, les enfants montaient en courant dans la chambre et admiraient le spectacle.

Pour arrêter l'eau qui avait pénétré à l'intérieur et la collecter, on avait disséminé des seaux et des bassines. D'un mouvement brusque, on les vidait dehors, par les fenêtres et par le balcon. C'est dans cette chambre vide, jonchée de seaux et de bassines, qu'on monta les vieux lits en fer. Depuis, on l'appelait la « chambre aux lits ». Rien au monde ne pouvait faire sortir les enfants d'ici : sauter sur les lits, surtout quand il pleuvait, était un plaisir sans pareil dans l'internat.

Récemment, à l'attrait de la chambre s'est ajouté le charme de son balcon effondré : le balcon, le seul de ce côté du bâtiment, s'est détaché du mur et les plaques de béton se sont fracassées sur le sol. Le garde-fou en fer, avec les tôles qui y étaient fixées, s'est lui aussi effondré, ne laissant sur le mur que l'armature. À ce moment-là, les enfants de l'internat jouaient au foot dans le stade ; ils passèrent tout près du lieu de l'accident, mais heureusement personne ne fut blessé. Bien entendu, la joie qu'en ressentirent la directrice de l'école et son administration fit pâlir la tristesse suscitée par l'effondrement du balcon. Un beau jour, la porte donnant sur le balcon disparut avec son cadre. Quelqu'un, probablement l'un des employés, la subtilisa, pensant que, puisque le balcon n'existait plus, sa porte ne servait plus à grand-chose. Bref, dans un des murs de la chambre aux lits, une brèche s'ouvrit, de la taille d'une porte. Et quand il fait beau, comme aujourd'hui, à travers la brèche on voit le ciel bleu, sans nuages, les peupliers et l'immeuble d'en face.

Au milieu des enfants se tient une femme de petite taille, replète. À première vue, on dirait qu'elle joue à chat avec eux. Mais on s'aperçoit vite qu'elle les poursuit, bien qu'elle n'arrive à en attraper aucun. C'est Dali, la surveillante. Elle est de garde aujourd'hui. Dali a des cheveux clairsemés, teints en rouge, à travers lesquels on voit son crâne et qui lui font une auréole. À vrai dire, on peut la considérer comme la martyre de l'internat, d'autant qu'elle endure un véritable calvaire en s'occupant continuellement des enfants.

– Ne va pas là, sinon je te donne une fessée ! crie Dali.

Les enfants rient et se poursuivent les uns les autres. Dali se plaint :

– Regarde-moi ça ! J'avais tendu un fil de fer. Je l'avais fixé depuis l'extérieur, mais ils l'ont enlevé. Ah, bon sang ! ils me font tourner en bourrique...

Dans un coin, Lela aperçoit Vaska, le Gitan. Il a quinze ans mais fait plus jeune à cause de sa petite taille. Il y a longtemps qu'il vit ici. Lela se souvient de son arrivée à l'internat. Il avait alors huit ans. C'est son oncle qui l'avait placé ici, un homme noiraud aux yeux verts, qui fumait et avait des tatouages sur ses bras velus. Depuis, cet homme n'était plus jamais revenu.

Au début, tout comme Irakli, Vaska s'était rapproché d'elle. L'ayant pris sous son aile, Lela le protégeait des autres pensionnaires, pour qui le nouveau venu était une proie facile. Puis, devenus adolescents, ils avaient couché ensemble. Ça s'était passé devant les bains, sous un poirier, à la lisière du verger spongieux. Lela se rappelle que ce soir-là le stade s'était vidé d'un coup. Dali était devant la télé, captivée par une série sud-américaine dans laquelle une belle-mère et sa bru étaient à couteaux tirés. Elle n'en ratait aucun épisode et elle avait entraîné les enfants dans les péripéties des relations sulfureuses entre les deux femmes. Les enfants s'étaient précipités vers la télé, laissant les adolescents seuls dans le stade.

Lela ne se souvenait plus des détails. Elle se souvenait seulement qu'ils étaient allés dans le verger de poires et avaient baissé leurs culottes… Curieusement, cette fois-ci, elle n'avait ressenti aucune douleur. Au contraire, elle avait apprécié la douceur et la souplesse du corps de Vaska. Le garçon était plein de délicatesse. Seulement, ses os piquaient les hanches de Lela… Ils s'embrassaient sur la bouche. Visiblement, il savait déjà rouler des pelles. Ils ne se dirent pas un mot, ni cette fois ni les fois suivantes…

Lela ne se souvenait plus exactement quand leurs rencontres sous les poiriers avaient cessé, ni pourquoi elle se mit à le regarder d'un œil mauvais et à le prendre en grippe. Il ne disait rien. Il s'était résigné à cette situation. Et maintenant encore, il la regarde patiemment, le sourire aux lèvres. Cela met Lela hors d'elle. Elle est prête à se jeter sur lui et à écraser de ses poings le sourire qui fend les lèvres rouges du garçon. Ce sourire ne disparaît jamais de son visage.

Au début, quand il était arrivé à l'internat, et pendant quelques années encore, Vaska était différent. Il ne se tenait jamais à l'écart comme maintenant, n'observait pas les autres de loin et était moins avare de mots. Puis ce sourire étrange, un peu narquois, incompréhensible, se grava sur son visage. Il était difficile de comprendre s'il souriait aux anges, s'il se moquait de quelqu'un ou si ce n'était qu'un sourire de façade.

Lela aboie :

– Et alors ! Pourquoi tu restes planté là ? Tu peux très bien aider Dali !

Vaska la regarde de ses yeux vert clair et, en souriant, balbutie quelques mots.

Lela se dirige vers le balcon effondré. Des enfants s'entassent devant le cadre de la porte. Deux d'entre eux se tiennent au bord. Un garçon de six ans, vêtu d'un short noir et d'un t-shirt Mickey, visiblement le plus audacieux, est monté sur les saillies en fer. C'est Paco, le nouveau pensionnaire de l'internat. Le sourire aux lèvres, il ressemble à un funambule.

Soudain, Lela se met à crier :

– Qu'est-ce que je vous ai dit ? Je vous ai dit de décamper d'ici ! Sinon je vais tous vous attraper et vous jeter en bas !

Les enfants qui se tiennent au bord de l'ouverture s'éloignent en courant. En voyant Lela, le sourire quitte le visage de Paco. Il perd presque l'équilibre, mais le retrouve en ouvrant ses petits bras, et il revient prudemment vers la pièce. Avant qu'il remette le pied sur le plancher, Lela le saisit par la nuque, le soulève et le maintient à l'extérieur, comme pour le jeter dans le vide. Paco change de couleur. Son menton tremble, son visage se défait, il pâlit et agite les jambes.

– Tu veux que je te lâche ? C'est ça que tu veux ?

Elle le secoue. Il cherche à se blottir contre elle.

– Tu veux tomber ? Tu veux te tuer ?

Elle le tire vers l'intérieur et le relâche. Le garçon se sauve en courant. Il ressemble à un scarabée auquel on a joué un mauvais tour et qui, ayant retrouvé la liberté, fuit le danger de toutes ses forces.

– Si vous me cherchez, vous allez me trouver ! Pourquoi vous n'écoutez pas Dali ? crie Lela.

Irakli chasse les enfants, comme si c'était un troupeau de moutons. Vaska n'est plus là. Stella est la dernière à quitter la pièce. Elle court sur ses jambes frêles et arquées, les fesses légèrement en arrière. Comme vêtements, elle ne porte qu'un pull à col roulé, rentré dans ses collants. Lela, Irakli et Dali restent dans la pièce. L'auréole de cheveux de Dali est en désordre et elle-même a l'air de souffrir beaucoup. Elle s'assied sur l'un des lits en fer. Sous le poids de sa lourde croupe, le sommier de fer touche le sol. Dali, qui ne s'y attendait pas, fait un moulinet avec les bras. Irakli lui tend la main, l'aide à se relever et à s'asseoir au bord du lit. Hors d'haleine, Dali lui dit :

– Va chercher Tsitso et dis-lui qu'elle me trouve un cadenas pour la porte. Ça fait combien de temps que je le demande ! Sinon les enfants vont tomber et on s'en mordra les doigts !

Irakli file. Dali trempe sa main dans un seau rempli d'eau de pluie, rafraîchit son front et gémit :

– Je n'en peux plus…

Puis, tout à coup, une pensée traverse son esprit et sa voix rattrape Irakli :

– Si tu vois les enfants, dis-leur d'aller au réfectoire !

Lela se tient au bord de l'ouverture et regarde vers le bas. Elle s'imagine en train de pousser Vano, le vieux professeur d'histoire et adjoint de la directrice. Vano est d'abord étonné et pense que c'est un geste accidentel. Puis ses pieds quittent le sol et son dos sent le vide. Alors, à travers ses lunettes, il jette un regard sur Lela, et voit que celle-ci reste impassible. Elle n'est pas troublée que Vano tombe du quatrième étage, la face vers le ciel. Il a la même expression que Paco tout à l'heure : comme si son visage se défaisait. Son menton tremble. Ses yeux fixent la jeune fille, s'accrochent à elle. Alors elle lui dit : « Crève, enfoiré ! » Le dos de Vano se fracasse contre des débris de ciment. Il râle…

Soudain, la voix d'Irakli parvient à l'oreille de Lela :

– Voici le cadenas. Tiens.

Elle se retourne. Dali n'est plus là. Irakli continue :

– Dali t'a demandé de fermer la porte et de lui rendre la clé. Ce cadenas ne vaut pas grand-chose. Tsitso l'a pris de la boîte aux lettres…

Lela tend la main, prend le minuscule cadenas et l'examine.

– Si seulement ça pouvait empêcher quelqu'un de venir ici…

Ils sortent de la pièce. Lela ferme la porte derrière elle, y met le cadenas et donne la clé à Irakli. Puis elle secoue la porte, pas très fort, comme pourrait le faire un petit enfant, par exemple Stella.

Irakli et Lela longent le couloir. Ils marchent côte à côte. Irakli arrive à l'épaule de Lela. Elle allume une cigarette. Une fillette, vêtue simplement de collants, sans jupe ni pantalon, sort d'une chambre. C'est Stella. Elle semble effarouchée et ne sait pas où aller.

– Allez, ouste ! Au réfectoire ! dit Irakli.

La fillette court. Lela et Irakli dévalent l'escalier.

– Je dois passer un coup de fil. Tu veux m'accompagner ? demande Irakli.

– Ah, tu me soûles ! Arrête de lui lécher les bottes, de te mettre à plat ventre !

Devant le bâtiment administratif, sur un large trottoir, est garée la fourgonnette bleue d'Avto, le professeur de gymnastique. Sergo, un garçon de dix ans, sort du bâtiment. Sous le bras, il porte un bout de tissu rose. Kolia le suit en traînant des pieds. Il branle de la tête. Quel âge a-t-il ? Dix ans ? Quinze ans ? Difficile à dire. « Ça se voit qu'il est débile. D'autres, comme Sergo et Irakli, ne ressemblent pas du tout à des débiles », pense Lela.

Irakli crie :

– Hé ! Tirez-vous d'ici ! Sergo, Kolia, au réfectoire !

Sergo ne l'écoute pas et continue son chemin. Kolia, indécis, s'arrête, puis prend la direction du réfectoire.

– Où vas-tu ? demande Lela à Sergo.

Le garçon la contourne et marche vers le portail.

– Je vais au magasin, dit-il sans tourner la tête.

– Pour quoi faire ?

– Je dois y rapporter une robe. Tsitso me l'a demandé.

Sergo sort le tissu rose qu'il tient sous le bras, le déplie d'un coup, comme un prestidigitateur, pirouette sur ses talons et se met face à Lela. Elle lui jette un coup d'œil méfiant. Sergo rit et plaque la robe contre son corps.

– Tu ne me crois pas ? Alors, elle me va bien ?

– Fais gaffe qu'on ne te kidnappe pas ! dit Lela, et elle se dirige vers le réfectoire.

Zaïra, une habitante du quartier, possède un petit magasin de l'autre côté de la route. Elle y vend des articles de droguerie, des vêtements… Tsitso, la directrice de l'internat, est l'une de ses clientes. La belle-sœur de Zaïra fait des allers-retours en Turquie pour y acheter toutes sortes de fringues et les revendre ici. De temps en temps, Tsitso achète à Zaïra quelques vêtements. Cette robe lui a plu, mais en découvrant qu'elle ne lui allait pas, elle a décidé de la rendre. Sergo reste là un moment, plie soigneusement la robe et court vers le portail.

Irakli et Lela s'approchent du réfectoire. Une odeur aigre, mêlée à l'odeur de pommes de terre frites avec des oignons, se répand dans l'air. Lela tire une dernière fois sur sa cigarette et jette le mégot dans un coin. Juste à ce moment-là, le choc sourd d'une collision et un crissement de freins parviennent de la rue. Lela se retourne et cherche à voir la route à travers les sapins. Irakli court vers le portail. Tariel sort en vitesse de sa loge de gardien. C'est un homme d'un certain âge, boiteux. En clopinant vers la rue, il laisse tomber sa vieille *doublionka*[1] qu'il porte sur les épaules hiver comme été. Dans la rue, quelqu'un crie.

L'asphalte brûlant happe Lela au sortir de la cour peuplée de sapins. Le soleil de plomb de l'après-midi jette des ombres étroites qui tremblent nerveusement aux pieds des rares passants. Une voiture s'est arrêtée au bord de la route. Un homme d'âge mûr en sort, laissant la portière ouverte. Sonné, il avance d'un pas chancelant, mais rapide. Tariel et Irakli se ruent dans la même direction et Lela les suit sans réfléchir. Soudain, elle aperçoit Sergo gisant près du bord du trottoir. Une autre voiture s'arrête à proximité. Sa portière claque et des pas retentissent sur l'asphalte. Lela regarde le petit corps flasque, le visage contre le sol, et il lui semble que Sergo bouge légèrement. Elle entend des voix : « Je conduisais tranquillement quand il a déboulé… », « Je suis médecin… », « Appelez les secours… »

Tariel et Irakli touchent Sergo avec prudence. Irakli crie :

– Seroge ! Seroge !

Ils retournent le garçon et l'étendent sur le dos. Il est couvert de sang.

Lela effleure son épaule.

– Seroge !

Un homme l'écarte brutalement et s'agenouille devant le corps. Il lui pose deux doigts sur la gorge et se fige. Lela s'éloigne. Irakli, visage blême, se redresse sans quitter Sergo des yeux. L'homme dégage une odeur écœurante. Sa chemise ouverte laisse voir sa poitrine rouge et bouffie, imbibée d'alcool. Ses deux doigts sales, index et majeur, appuient sur la gorge tendre et douce de Sergo, comme une épée, pour le forcer à trahir un secret. Mais le garçon reste immobile. Ni cette épée ni cette foule assemblée tout autour ne lui font peur. Il n'a aucune intention de révéler son secret.

Une voix familière s'élève :

– Que se passe-t-il ?

Lela se tourne vers la route et elle voit accourir Tsitso, la plantureuse directrice de l'internat, depuis le portail. Vêtue d'une longue jupe noire moulante et d'un chemisier à volants d'un vert incertain, elle porte des chaussures noires vernies à

1. En russe : manteau en peau de mouton retourné.

talon aiguille. Son sautoir de grosses perles noires se balance sur sa poitrine molle. Elle court sans se ménager, mais ses énormes jambes, qu'elle traîne avec peine, ne lui permettent pas d'aller vite. Elle est toute pâle.

Des bribes de phrases parviennent à Lela : « Les secours », « Souffle », « Il courait », « Je conduisais tranquillement et il s'est rué »... L'air égaré, Tsitso s'approche de la foule et braque son regard sur Sergo et sur la trace sanglante qui macule l'asphalte. La robe rose traîne sur la route. Quelqu'un la foule aux pieds et Tsitso remarque que la robe est souillée de sang.

Des hommes entourent Sergo. Quelqu'un dit qu'il respire encore. De la cour d'une maison, la brise, comme si elle voulait rassurer la foule, apporte une voix masculine dictant l'adresse aux ambulanciers : « Rue de Kertch... Vers la route de Tianeti... Il faut aller tout droit et vous verrez... C'est un gamin... »

Peu à peu, la rue se remplit de gens surgis de nulle part. On dirait qu'ils étaient cachés dans des recoins, non loin de cette rue déserte brûlée de soleil, et n'attendaient que ce moment pour sortir de leurs cachettes et envahir la rue. Une femme menue, en vêtements d'intérieur, demande de l'eau d'un air affairé. Certains remarquent Zaïra, qui s'est sentie mal et s'est affalée sur le trottoir. Ses grosses jambes amorphes sont impudemment écartées et son dos charnu est soutenu par Avto, surgi lui aussi de nulle part. Une voix agressive réclame de l'air et invite les curieux à se disperser. On couche Sergo sur un blouson. Tariel, s'éloignant des hommes, dit à Tsitso :

– Nous avons appelé l'ambulance.

– Que Dieu nous protège ! dit Tsitso devenue blême, et ses yeux s'emplissent de larmes. Qu'a-t-il ? C'est grave ?

– Oui, c'est grave, dit Tariel, et il quitte le cercle des badauds.

Soudain, un inconnu apparaît, la tête chauve directement posée sur les épaules et les joues rouges. Décidément, il veut transmettre son calme à tous :

– Calmez-vous, madame ! Pas de panique ! On va s'occuper de lui. Éloignez-vous. Ne l'entourez pas, il faut laisser circuler l'air ! Qui a un besoin urgent de soins, cet enfant ou cette dame ?

Et l'homme fait un geste de la tête pour désigner Zaïra. Celle-ci a repris connaissance, bien que ses jambes soient toujours écartées. Elle est assise sur le bord du trottoir, affaissée telle une ivrogne, soutenue par Avto. La femme menue est accroupie à côté d'elle, un verre d'eau à la main.

Pendant un moment, Tsitso reste pétrifiée, le visage cramoisi. Des taches rouges couvrent son cou et son visage, comme si elle avait la rougeole. Puis elle fait quelques pas, se penche, ramasse la robe et la met rapidement en boule pour ne pas se tacher les mains. Elle remarque alors que Lela la fixe.

– Prends ça… Doucement ! File et mets-la dans le tiroir de mon bureau. Ne dis rien à personne, quelle que soit la question qu'on te pose. As-tu compris ?

Lela observe le visage en sueur de Tsitso. Elle cherche à mettre de l'ordre dans ses pensées et à dire quelque chose, sans succès. Elle court, comme si, ce faisant, elle apportait sa contribution au sauvetage de Sergo. Elle fonce dans la cour peuplée de sapins et voit Dali qui sort du réfectoire et file à toute allure. Celle-ci est suivie par un groupe d'enfants, pareil à une cohorte de fidèles. Les enfants, prenant leurs jambes à leur cou, devancent Dali qui disparaît derrière eux.

Lela entre dans le bâtiment administratif et se dirige vers le bureau de Tsitso. La porte ne ressemble pas à celles du bâtiment d'habitation. Elle est capitonnée de cuir souple. Lela entre dans la pièce, s'approche de la table et ouvre le tiroir. Une grande tablette de chocolat entamée attire son regard. Elle fourre la robe dans le tiroir et le referme. La table est presque vide : une icône plastifiée de saint Georges est adossée au porte-crayons. Un registre est posé à côté. Dans un gobelet en verre, une tige à larges feuilles s'efforce de faire pousser ses racines. Le plateau de la table est couvert d'une plaque de verre épais, sous laquelle on a placé un calendrier, un horaire des cours, une photo en noir et blanc de Gregory Peck et des photos d'identité des deux enfants de Tsitso.

Lela revient sur le lieu de l'accident. Sergo n'est plus là : apparemment, l'ambulance l'a déjà emmené à l'hôpital. La foule continue à discuter. Zaïra, elle aussi, a disparu. Phirouz, l'inspecteur de police du quartier, est là. Cet homme originaire de Kharagaouli[1] a un visage doux, plein de bonté et un regard

1. Ville de la région d'Imérétie, en Géorgie occidentale.

profond et triste, difficilement compatible avec son métier de policier. Phirouz a pris à part le conducteur du véhicule et lui parle. Ils sont tous là – Tsitso, Dali, les voisins, quelques jeunes… Koba est là aussi. C'est un jeune homme maigre, aux cheveux coupés court et aux tempes dégarnies. Il a un visage sec, un long nez et un air désolé. Lela l'observe, lui la remarque, mais ils ne se saluent pas. Les enfants, eux aussi, sont là. Pour la première fois de leur vie, ils obéissent à Dali parce qu'elle pleure. Ensemble, ils traversent le passage piéton, sans un mot, et disparaissent dans la futaie de sapins.

Le soir, la mauvaise nouvelle arrive de l'hôpital : Sergo est mort.

Le lendemain, tout l'internat demeure silencieux. Les cours sont annulés.

Vano arrive. C'est un homme de haute taille, aux moustaches épaisses, bien taillées, qui commencent à grisonner. Pour cacher sa calvitie, il rabat ses longues mèches sur un côté de son crâne. Vano porte toujours une veste et un pantalon gris foncé. Parfois, pendant les journées d'hiver glaciales, il met sous sa veste un pull-over à losanges sans manches. Quand le froid pénètre jusqu'à la moelle de ses os, il enfile son manteau gris. Une écharpe à losanges verts est nouée en permanence autour de son cou, toujours de la même manière.

Quand il sort de la salle de classe et se retrouve dans le couloir plein d'enfants ou quand il passe devant les enseignantes assises sur un banc dans la cour, Vano ne sourit jamais ni ne dit rien. Il se contente, en guise de bonjour, d'incliner légèrement sa tête chauve à la coiffure en trompe-l'œil.

On ramène le cadavre de Sergo de l'hôpital et on le dépose dans la salle de gymnastique. Cette salle se trouve au demi-sous-sol du bâtiment administratif. Ses fenêtres, munies d'un grillage en fil de fer, se situent au ras du sol. La salle est quasi vide, excepté quelques espaliers en bois fixés au mur et de vieux équipements sportifs, dispersés çà et là. Chaque mot, chaque bruit se propage comme de la fumée et s'étire dans les recoins vides. Sergo gît au milieu de la salle. Assis sur des bancs de bois bas, appuyés contre le mur, les enfants, s'ils osent parler, ne font que remuer les lèvres. Tous ont les yeux rivés au milieu de la salle. Là où, sur le bureau d'Avto, on a déposé le corps de leur camarade couvert d'un drap.

L'homme qui a renversé Sergo est dans la cour de l'internat. C'est un homme de taille moyenne, la cinquantaine. Il porte une veste et paraît calme, serein. Pourtant, un double menton irrégulier raccourcit étrangement son cou, et une grosse veine saillante sur son front rouge donne l'impression que son calme n'est obtenu qu'au prix d'un grand effort. Tout ce que cet homme retient à l'intérieur de lui se condense dans sa tête et sa gorge, et grandit fatalement ; l'homme explosera un jour, tel un crapaud gonflé à l'aide d'une paille.

Les quatre hommes qui l'entourent ressemblent aussi à des gens placides et posés. Ils sont là, debout, sur le sol sale et usé de l'internat. Mais ils ont l'air d'être ailleurs. Têtes baissées, ils ressemblent à des passagers qui, descendus par erreur à un arrêt, attendent patiemment le prochain bus pour y monter et partir de là.

Un groupe de femmes, venues de l'immeuble voisin, épie les hommes. Elles veulent comprendre lequel parmi eux a tué Sergo. Tina, une femme âgée, bancale, appuyée sur sa canne, reconnaît le chauffeur et lui lance un regard perçant. Les autres femmes, elles aussi, braquent leurs yeux sur lui. L'homme qui a renversé accidentellement Sergo a eu l'audace de venir et de s'exposer à tous les regards. Aux yeux de tous, ce fait démontre sa probité et son courage, et suscite le respect.

Venera, une femme d'une soixantaine d'années aux cheveux poivre et sel coupés court et au collier de perles, dit :

– Il paraît que ce n'était pas sa faute…

Tina, comme si elle ne croyait pas sa voisine, plisse les yeux et épie encore plus attentivement tous les mouvements de l'homme. Venera continue :

– Ce ne doit pas être quelqu'un de mauvais… Apparemment, il n'a pas accepté qu'on mette le cadavre dans un cercueil en zinc, il a demandé un cercueil en bois et a pris en charge les coûts de l'enterrement… S'il n'avait pas été là, on aurait enterré ce malheureux enfant comme on enterre les sans-famille : sans nom et sans pierre tombale.

Tina reprend ses esprits et ouvre la bouche comme une carpe, découvrant ses fines dents pointues et grises.

– Ah…

Venera ajoute :

– À sa place, un autre aurait laissé tomber. Surtout qu'il n'y a personne pour engager sa responsabilité : ni les parents ni la police.

– Ça alors ! dit Tina, surprise.

Les enseignants s'agitent. Apparemment, personne ne s'attendait à ce que Sergo, mort, revînt ici. Il était prévu que son dernier chemin irait directement de l'hôpital au cimetière.

Vano et Tsitso entrent dans la salle de gymnastique. Tsitso est anxieuse. D'un mouvement nerveux, elle met ses mains dans les grandes poches de sa robe, puis les sort et gesticule en conversant avec Vano. De temps en temps, elle glisse un regard vers le bureau d'Avto, comme si ce n'était pas un cadavre qui y était déposé, mais une bombe, prête à exploser.

Lela est assise à côté des petits. Stella, apeurée, se colle à elle et cherche à comprendre :

– Il est mort ? Sergo est mort ?

Visage barbouillé, sourcils levés… Stella remue les lèvres car elle n'ose pas parler. Lela lui prend la main délicatement, la fait asseoir à côté d'elle et lui dit à voix basse :

– Oui, il est mort.

Stella se tait, comme si elle était au théâtre et attendait que le rideau se lève. Les enfants, pareils à des footballeurs sur un banc de touche, observent Vano et Tsitso à l'autre bout de la salle, mais ils ne saisissent que des bribes de conversation. Tsitso, à voix basse, donne une explication à Vano, puis quitte la salle d'un pas ferme. Vano se tourne vers Avto, un homme de petite taille, trapu et musclé, toujours vêtu d'un pantalon de sport bleu foncé. Il lui dit de faire sortir les enfants de la salle et de ne plus y laisser entrer personne.

– On attend le prêtre. Puis nous irons au cimetière, dit Vano, et il sort de la salle.

Troublé, il bute sur un ballon de basket à moitié dégonflé. Il cherche à l'enjamber, mais il trébuche et manque de tomber. Levan, un garçon de douze ans, ne peut pas s'empêcher de rire. Furieux, Vano donne un coup de pied dans le ballon et l'envoie sur le côté. Sans mot dire, il pose un regard noir sur les enfants et sort de la salle.

Avto, pensif, se dirige vers les enfants, tel un entraîneur vers ses remplaçants, pour leur transmettre l'ordre de Tsitso.

Ses larges épaules, son corps bien droit et son torse musclé jurent avec les contours de son sexe que sculpte délicatement le jersey de son pantalon.

Le bruit circule que le pauvre Sergo doit aller en enfer car il n'est pas baptisé. Ceux qui ne sont pas baptisés vont en enfer où le feu et quelques diables munis de cravaches, de verges et de fers chauffés au rouge les attendent. Dali cherche à battre en brèche cette conviction en expliquant aux enfants que le père Jacob, en accomplissant un rite, va permettre à l'âme de Sergo de prendre le chemin du paradis.

Le prêtre arrive. Son visage s'orne d'une florissante barbe poivre et sel. Ses yeux noirs sont vifs et sévères. Accompagné de Vano et de Tsitso, il bénit le bâtiment et fait des signes de croix au-dessus de la porte d'entrée. Un groupe d'enfants le suit. Enfin, tout le monde se dirige vers le bâtiment des bains. Le prêtre fait le tour des bains en accordant à ces lieux la grâce divine. Des capitules de bardane collent aux longs pans de sa soutane, comme si ces petites créatures hirsutes et duveteuses lui demandaient le salut et le suppliaient de les sortir d'ici.

Après la bénédiction des bains, on rassemble tous les enfants dans la cour et on les baptise collectivement. Un grand silence se fait. Même ceux qui ne disent pas plus de deux mots par jour savent que cela leur permet d'échapper à l'enfer. Désormais, Dali est la marraine de chacun et de chacune d'eux. Visiblement, elle se sent mieux. Elle se plaît dans son nouveau rôle. Le prêtre distribue des croix en bois aux enfants et à Lela aussi. Les petits, réjouis, commencent à chercher du fil ou de la ficelle pour suspendre la croix à leur cou.

Personne ne vient faire ses adieux à Sergo, excepté quelques habitants de l'immeuble d'à côté. Ils connaissent bien les enfants de l'internat. Ceux-ci fréquentent souvent la cour voisine tantôt pour y jouer, tantôt pour y flâner. Il arrive aussi qu'ils demandent aux habitants la permission de se servir de leurs téléphones. Contre une petite rémunération, quelques garçons adroits, dont Sergo faisait partie, donnent de temps à autre un coup de main aux voisins qui cultivent dans leurs jardins des tomates, des herbes aromatiques, des haricots... Certains ont même des arbres fruitiers. La saison venue, les arbres chargés de fruits mûrs appellent les cueilleurs.

Une voiture arrive en apportant un petit cercueil de bois jaune. L'internat devient encore plus silencieux. Les enfants se regroupent près du portail. L'homme qui a renversé Sergo parle au conducteur et lui donne des instructions.

– On les traite d'idiots, mais regardez-moi ça ! Ils sentent tout… dit Venera.

Et elle prend par le bras Goderdzi, son fils, un célibataire d'une quarantaine d'années, qui vient de rejoindre l'assemblée. En entendant l'exclamation de sa mère, Goderdzi fixe les enfants de ses yeux mornes, aux coins tombants. Puis il revient rapidement à lui, se libère du bras maternel, s'éloigne des femmes et se dirige vers les hommes.

Les hommes de l'immeuble d'à côté soulèvent le cercueil et traversent la cour de l'internat. Les enfants sont au grand complet. Chacun veut se placer devant, dans l'espoir de voir encore une fois Sergo. Koba sort du bâtiment administratif en portant deux chaises. Ces petites chaises jaunâtres qui, jusqu'ici, n'ont connu que la salle de classe, viennent soutenir les deux extrémités du cercueil. C'est la coutume. On laisse Sergo encore quelques minutes dans cette cour, qui lui était si familière. Tout le monde se tait. Seule Dali, pâle, les cheveux ébouriffés, sanglote. On a vêtu Sergo d'un costume confectionné sur mesure, comme on le fait pour un adulte passé de vie à trépas. Accoutré de cette manière, il gît dans sa nouvelle maison étroite, les mains croisées sur la poitrine. Dans sa petite main sans vie, on a mis un mouchoir, comme pour essuyer d'éventuelles larmes. Mais Sergo ne pleure pas. S'il était vivant, en le voyant paré de cette manière, Levan se serait sûrement moqué de lui. Mais Levan ne dit rien. Voir son ami dans ces habits de cérémonie lui fait de la peine. Phirouz, l'inspecteur du quartier, emporte dans le bus l'unique couronne d'œillets, venue d'on ne sait où.

« On y va », dit quelqu'un. Les hommes soulèvent sans peine le cercueil et le portent sur leurs épaules. Koba, le voisin, donne un coup de pied à l'une des deux chaises, puis à l'autre, et les renverse. Maintenant, ces chaises de classe ressemblent à des êtres vivants. Désignées comme boucs émissaires, elles doivent répondre pour tous et être punies publiquement. Les adultes et les enseignants commencent à monter dans le bus.

– Lela, veux-tu venir ? demande Tsitso, et elle lui montre le bus.

Irakli est à côté de Lela. Il ne la quitte pas d'un pouce.

– Je viens, maîtresse ! dit Lela. Les enfants veulent venir eux aussi…

Tsitso réfléchit un instant. Puis, sans répondre à Lela, elle se dirige vers Dali et lui parle à l'oreille.

Dali promène son regard sur les enfants, élimine du groupe ceux qui sont petits ou chétifs et envoie les autres vers le bus.

– Allez-y, mais ne faites pas de bruit et soyez sages !

Les enfants, enjoués, se ruent vers le bus, comme s'ils allaient assister à un heureux événement et non à un enterrement.

Lela monte dans le bus et reste debout près de la fenêtre arrière. La coutume exige qu'on accroche une grande photo du défunt sur le pare-brise du corbillard, mais on n'a trouvé aucune photo de Sergo. Le corbillard avance lentement, au même rythme que les hommes qui ont porté le cercueil sur leurs épaules. Quand on accompagne un enfant de Dieu sur son dernier chemin, on trouve gênant d'accélérer le pas.

Le bus s'arrête à l'entrée du cimetière d'Avtchala[1]. Les enfants descendent. Gulnara, la professeure de travaux manuels, une femme au nez pareil à un bec d'oiseau et au corps mal bâti, confie les enfants à Lela. Elle roule des yeux sévères et ordonne aux enfants de ne pas s'éloigner de Lela. Les petits se rangent deux par deux, en se donnant la main comme on le faisait autrefois lors des répétitions pour les défilés.

Pas loin de l'entrée du cimetière se dessine un long immeuble d'habitation à huit étages. Lela le regarde. Le bâtiment est quasi éventré du côté droit. Il est difficile de comprendre si c'est à cause d'un incendie ou d'un tremblement de terre. Il ne reste que les murs avec des trous noirs à la place des fenêtres. On peut traverser l'immeuble du regard. On dirait des ruines. Mais en observant attentivement, on remarque que l'autre côté est encore habité. On distingue les balcons décolorés par le soleil, du linge qui sèche sur des cordes, des tresses d'oignon, d'ail et d'œillets d'Inde et parfois des noisettes mises dans des bas de nylon, accrochées aux murs ici et là. L'immeuble est penché, comme si le poids des hommes avait fait graviter

1. Banlieue de Tbilissi.

le côté habité vers la terre. On dirait que le bâtiment entier s'enfonce peu à peu dans le sol.

Le soleil écrase le cimetière. Le petit cortège monte la côte. Lela regarde les tombes et pense : « Voici où on enterre les gens normaux… et parfois même les idiots, comme Sergo… Existe-t-il un cimetière particulier pour les idiots ? Peut-être pas… La terre est la même pour tous… » Les enfants observent les pierres tombales. Ceux qui savent lire déchiffrent les noms gravés sur les plaques.

La tombe est creusée. On dépose le cercueil au bord de la fosse. Le prêtre accomplit les derniers rites en balbutiant. Les enseignants ont l'air éteint et un peu fatigué. Tout est desséché par le soleil et de la poussière s'élève à chaque pas. Le fossoyeur est un homme maigre et voûté, couvert de poussière et au teint de poussière. Il s'approche du cercueil et ôte doucement le drap jaunâtre du visage et des épaules du défunt. Les enfants regardent Sergo, paré de sa veste grise, les yeux fermés et le visage bouffi. Ses yeux et sa bouche ont noirci. Ses mains sont croisées sur sa poitrine.

– Ah, mon pauvre ! dit Gulnara.

Pendant que le prêtre prie pour le salut de l'âme du défunt, Lela scrute le visage de Sergo, qui paraît mécontent. Les enfants qui occupent les allées étroites entre les tombes ne quittent pas le cadavre des yeux. La prière terminée, l'homme couleur de poussière attend un peu : peut-être quelqu'un voudrait-il faire ses derniers adieux au défunt ? Gulnara donne son consentement d'un signe de tête, accompagné d'un vague soupir. Le fossoyeur recouvre les mains, les épaules et le visage de Sergo.

Lela sait bien que Sergo est mort, mais elle s'étonne quand même qu'il ne dise rien et ne se révolte pas contre toute cette cérémonie. Personne ne s'approche de lui pour faire des adieux. On ferme le cercueil, mais Sergo ne proteste toujours pas.

Le cercueil est descendu dans la fosse. Quand on commence à la combler, le bruit des mottes de terre sèche frappant le bois déchire le cœur des assistants. Les enseignants et les enfants s'en retournent et suivent les allées vers la sortie. Sergo reste seul face aux inconnus – le fossoyeur et deux aides. Tous trois – Dieu voit tout – finissent leur travail consciencieusement et confient Sergo pour toujours à la terre d'Avtchala.

Un nuage de poussière s'élève. Les enfants plissent les yeux et cherchent à le chasser en agitant les mains.

– Ne regardez pas en arrière ! dit Gulnara, et elle se cramponne à la clôture d'une sépulture pour ne pas glisser sur le sentier étroit.

Irakli, tout pâle, lui demande :

– Pourquoi, maîtresse ?

– C'est l'usage, répond l'enseignante et, n'arrivant pas à se retenir, elle dévale la pente.

En bas, Avto lui offre son bras puissant et velu.

Lela crie en s'adressant aux enfants dispersés sur les sentiers du cimetière :

– Avez-vous compris ? Il ne faut pas regarder en arrière !

Irakli est étonné :

– Mais pourquoi ? Pourquoi, Lela ?

– Je n'en sais rien, dit Lela et, à son tour, elle dévale la pente douce.

Levan acquiesce :

– Il ne faut pas… Après avoir enterré le mort, il faut lui ficher la paix. Il ne faut même plus pleurer.

Le chauffeur du bus, un homme d'un certain âge, a abrité son véhicule à l'ombre de l'immeuble naufragé. Assis sur le banc de la cour, taciturne, il fume une cigarette et attend patiemment ses passagers.

2

Lela ne se souvient plus quand et comment sa vie à l'internat a débuté. Où est-elle née ? Qui l'a enfantée ? Qui l'a abandonnée ? Qui l'a amenée ici, dans ce bâtiment de quatre étages, rue de Kertch ? Tsitso n'en sait pas beaucoup plus sur les origines de Lela. À sa demande, elle avait parcouru son dossier plus d'une fois, mais en vain. Elle ne peut pas consoler la fille en lui disant quelque chose sur ses parents. Les papiers disent que jusqu'à l'âge scolaire Lela a vécu dans l'orphelinat de Temka[1], puis qu'elle a été transférée ici. C'est tout. C'est à cela que se résume sa succincte biographie.

Parfois, Lela essaie d'imaginer ce premier orphelinat. Il lui semble se souvenir d'une femme qui jouait du piano... La fête du jour de l'An. Lela porte un bonnet pointu en papier, enroulé en cône, sur lequel on a collé des éclats de boules ornant le sapin. Le bonnet est maintenu par un ruban élastique passé sous le menton. Lela ne se rappelle rien d'autre : ni son départ de là-bas ni les gens qui l'entouraient... Il lui arrive de penser que les images qui surgissent dans sa mémoire ne sont que le fruit de son imagination et que rien n'existait en réalité, ni la pianiste ni ce bonnet pointu et scintillant...

1. Quartier de Tbilissi.

Chaque fois que Lela revient à l'internat, elle sent son odeur familière depuis la cour. Plus elle s'approche du bâtiment principal, plus l'odeur est prononcée. Et elle ressent dans tout son être que l'internat l'accueille dans son giron puant.

Au bout des couloirs de chaque étage du bâtiment d'habitation se trouvent les toilettes. À travers leurs vitres cassées, la brise répand un remugle semblable à celui des toilettes d'une gare ou d'un train. Ce fumet sévit dans les couloirs. Le salon avec le téléviseur, les chambres à coucher et la salle de jeu sont traversés de divers relents qui s'entremêlent et constituent un mélange nauséabond, impossible à chasser, même en faisant des courants d'air. Ce mélange est constitué avant tout de l'odeur de malpropreté que dégagent les enfants (elle irrite les narines de tous les nouveaux venus) et de celle des vêtements lavés avec la même lessive. Ajoutons à cela la puanteur des draps sales, des vieilles couettes, des matelas pisseux, des oreillers et des couvertures de laine, transmis d'une génération d'élèves à l'autre... En hiver, vous sentez aussi les émanations du poêle à kérosène et du poêle à bois. Le salon est imprégné du parfum des vieux fauteuils. Ajoutez-y l'odeur des bandes isolantes collées aux cadres de fenêtre en hiver ou encore la senteur acidulée, douce et saine des pots de géranium sur les rebords de fenêtre.

Lela connaît l'internat et ses odeurs tenaces sur le bout des doigts. De temps en temps, les miasmes s'échappant des toilettes couvrent tout, provoquant chez elle une désolation subite dès qu'elle met le pied dans ce bâtiment. Peut-être cela lui rappelle-t-il la mère de Tariel, le gardien. Jusqu'à sa mort, cette vieille femme errait dans le quartier. Tout le monde la connaissait. Elle puait la pisse. Ne retrouvant plus sa maison, elle arpentait la cour et allait souvent s'asseoir sur le banc de l'internat. Elle ne reconnaissait plus son fils, ni son petit-fils... On racontait qu'avant c'était un petit bout de femme vive et travailleuse, qui avait traversé mille épreuves. Elle portait le deuil depuis qu'elle avait perdu son mari. Sa santé et toute sa mémoire s'éteignaient peu à peu dans ces habits noirs. En entrant à l'internat, Lela, sans savoir pourquoi, pense toujours à la pauvre mère de Tariel. Puis, une fois familiarisée avec l'odeur des lieux, son image disparaît de son esprit.

Il y a un endroit où elle s'arrête volontiers : l'escalier de secours extérieur en fer rouillé, qui s'élève en colimaçon le long du bâtiment côté bains. Elle l'aime avant tout à cause de l'odeur spécifique, étrange, suave, captivante, qui s'en exhale en plein été, lorsqu'il est chauffé par le soleil. Depuis qu'elle est petite, Lela aime le monter, bien qu'elle ait toujours le vertige. Elle monte une marche, pivote sur elle-même, attaque la suivante. Et c'est ainsi jusqu'en haut.

L'odeur ne disparaît jamais, bien que l'escalier se trouve en plein air. En montant, Lela met sa main sur la rampe. Quand elle est tout en haut, elle flaire sa main, qui sent toujours la même chose. Au quatrième et dernier étage, l'escalier s'achève par un petit palier bordé de garde-fous. D'ici, on a vue sur le stade. Si on se penche un peu, on peut même attraper une branche du sapin, svelte et s'élançant avidement vers le ciel. Lela était toujours prête à passer ici des heures et des heures. Elle montait, descendait, remontait... Comme si c'était un jeu et qu'en montant elle se retrouverait ailleurs. Mais l'escalier s'arrêtait devant un mur lisse et aveugle et son espoir s'évanouissait.

Quand il pleut à verse et que la pluie lave soigneusement toute la cour, les gouttes crépitent sur le fer de l'escalier chauffé par le soleil. Le fer les rejette et les relance, comme s'il voulait les renvoyer au ciel. Chaque fois que Lela, à travers sa fenêtre, regarde la pluie incessante ruisseler, elle pense à la mère de Tariel. Elle imagine que la vieille femme est quelque part ici, à l'internat, debout, trempée, la tête dans les épaules. Les gouttes dégoulinent du bout de son nez fripé, mais elle ne bouge pas, attend que la pluie cesse et que le soleil sèche ses haillons noirs.

Dans les bains stagnent de forts relents de lessive, de savon ménager puant et de murs humides, rongés dans les coins par la moisissure. Le jour où l'on traite un enfant infesté de poux, l'odeur entêtante du DDT qu'on pulvérise dans ses cheveux s'additionne à toutes les autres.

Lela préfère venir seule ici, en général en début de semaine, quand les femmes ont fini de faire la lessive et que les enfants ont pris leur bain. Quand, après la douche, la jeune fille, toute propre, enfile de vieux habits sales, elle a l'impression de se glisser dans sa vieille peau.

Le réfectoire est toujours imprégné d'une odeur de graillon, mêlée à celle permanente et opiniâtre de ranci, qui vient des énormes cuisinières à gaz, incrustées de graisse. S'y ajoutent les fumets des plats – de la kacha, du bortch, des pommes de terre frites aux oignons et des boulettes sans viande, composées de pain rassis et de pommes de terre.

Le bâtiment administratif ne sent presque rien, si l'on oublie l'odeur du cuir qui garnit les portes, étrange et entêtante, à laquelle s'ajoutent les effluves des enfants qui passent de leur bâtiment à celui-ci pour les cours. Parfois, la fragrance âcre du parfum de Tsitso vient par-dessus, et elle irrite les narines autant que l'odeur d'un enfant qui n'a pas tâté l'eau depuis longtemps.

Les portes alignées dans le couloir sont lardées de coups de couteau, qui laissent apparaître de la mousse, une chair jaune que les enfants arrachent en passant ; ils s'amusent à en tripoter des morceaux.

La loge de Tariel, bien évidemment, sent Tariel. La minuscule pièce est envahie de remugles tenaces : un mélange de la naphtaline imprégnant ses vêtements, du fumet de ses cigarettes puantes et parfois, quand sa femme lui apporte son déjeuner, de l'arôme de la nourriture.

Entre les bains et le bâtiment d'habitation s'étend un espace que tout le monde, grands comme petits, évite. C'est un vaste champ, assez attrayant au premier coup d'œil, planté de petits poiriers. Chaque année, ces arbres portent des fruits. Pourtant, personne ne traverse cet espace et personne ne désire savourer les poires, car le verger est en permanence immergé. C'est probablement une conduite endommagée qui fuit depuis des années. L'eau jaillirait-elle de la terre ? Mais qui sait si elle a des vertus curatives ? À première vue, le verger paraît séduisant, surtout aux regards novices. On ne remarque pas l'eau sous le tapis vert. Souvent un enfant s'élance pour le traverser, mais ses pieds s'enfoncent doucement dans l'herbe et dans la terre. Il y a là quelque chose de désagréable, de fatal. Les poiriers, délaissés par l'homme, ont des troncs bas, robustes, noueux. Leurs branches entremêlées descendent jusqu'à terre. Chaque été, ces arbres portent de grosses poires, vertes et lisses. Personne ne les cueille, peut-être parce qu'elles ne parviennent pas à maturité avant le début du froid, ou peut-être parce que l'eau a imbibé la pulpe de cet étrange fruit, le rendant trop aqueux. Si quelqu'un cueille une poire et la mord, il sent immédiatement qu'elle est dure comme du roc. Et qu'elle n'a aucun goût.

En montant l'escalier de fer, Lela rêve de se retrouver dans un autre monde. Mais quand elle traverse le verger en courant, son cœur bat la chamade et elle se demande si elle pourra sortir de ce lieu maudit. Transie de peur, elle imagine que les poiriers l'attraperont et la feront tomber. Le sol mou s'affaissera sous son poids, les racines la couvriront et la terre spongieuse l'engloutira pour toujours.

Le lendemain de l'enterrement de Sergo, Tsitso convoque Lela dans son bureau et, se montrant aimable et bienveillante, lui propose du chocolat. Lela refuse. La directrice la remercie d'avoir soutenu son école à un moment si difficile. La jeune fille sait qu'elle n'a rien fait de si extraordinaire, digne d'un tel éloge. Tsitso parle encore longtemps. Lela ne l'écoute plus, d'autant que le discours contient des mots comme « avenir » et « perspective »…

Lela a terminé l'école trois ans auparavant, mais elle ne sait toujours pas où aller. À vrai dire, l'internat ne la met pas à la porte. Après avoir fini ses études, chaque élève peut rester ici, devenant un résident permanent et inconditionnel. Lela n'espère pas trouver de travail. Que pourrait-elle faire ? Qui accepterait de l'embaucher ? Tsitso dit que même les gens normaux ne trouvent pas de travail. Comment alors quelqu'un sorti de l'internat pourrait-il en trouver ?

La jeune fille est la seule qui, après avoir fini l'école, est encore restée là. Les autres, sans qu'ils y soient contraints, ont quitté l'établissement et commencé à chercher leur propre chemin. D'autres encore sont partis avant la fin de leurs études. Certains mènent une vie de mendicité au centre-ville et dans les quartiers populeux. Rares sont ceux qui ont trouvé un boulot et travaillent comme porteurs aux marchés de Lilo ou de Navthloug par exemple. Des filles se sont mariées et d'autres ont disparu sans laisser de traces.

Tsitso propose à Lela de remplacer Tariel, leur voisin, qui depuis des années travaille comme gardien. Elle occuperait la loge où il passe la plus grande partie de sa vie. Le terrain devant l'internat sert de parking. Quelques voisins y laissent leur voiture pendant la nuit contre une petite somme mensuelle. Ils préfèrent payer pour se protéger des voleurs plutôt que retrouver leur voiture le matin sans pare-brise, sans pneu, sans radio ou pire encore, ne pas la retrouver du tout. Tsitso veut confier ce travail à Lela. Elle lui dit qu'elle a confiance en elle, que la jeune fille pourrait s'acquitter de cette tâche mieux que Tariel, que désormais elle aurait son propre revenu, la rémunération du parking ; mais elle devrait en céder une partie à Tsitso pour le budget de l'internat.

Lela accepte la proposition.

Tariel, accablé, vide sa minuscule chambre pour laisser la place à Lela. Sa boiterie semble plus accentuée que d'habitude. Aidée d'Irakli, Lela installe un lit dans son nouveau logis. Elle apporte un verre du réfectoire. Deux allers-retours lui suffisent pour transporter ses vêtements et ses petites affaires. Toutes ses possessions forment un tas qui occupe la table minuscule. Lela remarque un miroir, laissé ou oublié, et suspend à l'un des coins la croix donnée par le prêtre.

Tariel franchit le portail en clopinant. Il ne voulait pas quitter son travail, mais il s'est plié à la volonté de Tsitso. Ah, combien d'hivers a-t-il passés dans cette loge ! Sa femme, Narguiza, aux hanches larges, au sourire bienveillant et au visage plat, lui apportait son repas tous les jours. Elle ne pouvait passer par la porte étroite que de biais. De temps à autre, Ghnatso, leur fils unique, un trentenaire célibataire, remplaçait son père. La rumeur courait que son cerveau avait été détraqué pendant son service militaire. Ses parents l'avaient placé en hôpital psychiatrique où il avait suivi un traitement. Mais après sa sortie, il errait, vêtu d'un manteau noir, les cheveux en bataille, et parlait tout seul. Parfois, son délire contenait même des propos raisonnables. En marchant, Ghnatso se querellait. Il se disputait avec le vent, mais le vent emportait ses paroles sans lui répondre. Le chagrin rongeait ses parents. Ils n'auraient jamais imaginé que leur fils unique, leur Ghnatso, un garçon exemplaire, qui n'avait jamais rien volé même quand il était petit, poli, brillant en mathématiques, courtois et attentif avec les filles, appelé à accomplir son service militaire, passerait de l'armée à l'asile. Depuis il arpentait les rues à pas pressés, d'un air pensif et soucieux, enveloppé dans son manteau noir, les cheveux ébouriffés… On racontait qu'il n'aimait pas les miroirs et que leur reflet lui inspirait de l'horreur. Apparemment, sa mère avait été obligée d'enlever le miroir de la salle de bains. Quand Tariel voulait se raser, il sortait le bout de miroir caché sous la baignoire et l'appuyait contre la bouteille de shampoing de Narguiza. Parfois, il apportait son bol et son rasoir dans la loge et se rasait devant le miroir accroché au mur.

Bref, Tariel s'en va. Il quitte le territoire de l'internat comme un salarié de longue date qu'on vient de licencier. Il ne dit rien, mais il a le cœur lourd. Avant tout, il regrette son âge, car il croit que là est la source de tous ses malheurs. Ah, s'il était jeune ! Alors il parlerait différemment à Tsitso. Mais à son âge… Tout le monde dirait qu'il demande une chose indue. Tariel obéit donc, ouvre le portail et se dirige d'un pas posé vers sa maison, où sa femme replète et son fils l'attendent.

Lela doit quitter définitivement le bâtiment de quatre étages où elle a partagé une chambre avec d'autres filles pendant des années. Sa nouvelle vie commence. Elle vivra désormais dans la loge de gardien et n'entrera dans le bâtiment principal de l'internat que pour aller aux toilettes. Les enfants tournent autour d'elle et observent attentivement ce changement. Ils se montrent encore plus respectueux qu'avant.

Elle entre dans sa loge, s'assied sur le lit et allume une cigarette. Un gros cendrier en cristal que Tariel a sans doute oublié est posé à côté. Elle y fait tomber la cendre de sa cigarette et, sans savoir pourquoi, s'en réjouit. Irakli entre et, lui aussi, s'assied sur le lit. Lela lui passe sa cigarette. Irakli a neuf ans. Il vit ici depuis un an. Il n'a pas de père et n'a aucun souvenir de lui. C'est sa mère qui l'a amené à l'internat. Au début, elle l'avait placé à l'orphelinat de Sourami[1]. Mère célibataire, elle vivait à Tbilissi, où elle louait un appartement. Elle maintenait le contact avec son fils et venait le voir, mais rarement. Puis, pour qu'il soit plus près, elle a préféré le placer dans un établissement de Tbilissi. Selon l'arrangement initial, Irakli devait passer cinq jours à l'internat, du lundi au vendredi, et rentrer chez lui le week-end. Mais les week-ends passaient, la mère ne venait pas et l'enfant était toujours là. Au début, Tsitso demanda à Lela de tout expliquer au garçon et de lui

1. Ville de la région de Kartlie, située à 130 kilomètres à l'ouest de Tbilissi.

faire visiter les lieux. Irakli suivait sa « tutrice », se montrait dynamique, posait des questions. Il avait l'esprit vif et la langue bien pendue. En tout cas, c'est l'impression qu'il produisit sur Lela. Quand Irakli manifesta la volonté de se rapprocher d'elle et de devenir son ami, elle ne le repoussa pas. La jeune fille était plus attirée par les enfants sains d'esprit que par ceux qu'on traitait ici d'idiots. Cela ne l'empêchait pas de défendre ces derniers quand il le fallait, mais elle ne cherchait pas leur compagnie.

Sortant de la loge de gardien, Lela et Irakli voient Vaska et Kolia, assis sur la planche posée entre deux sapins, qui sert de banc. Vaska a son expression habituelle, un visage calme et souriant.

– Je dois partir, dit Lela à Kolia. Ouvre le portail si les voitures veulent sortir ou entrer. C'est compris ?

Kolia hoche la tête. Lela a l'impression que le sourire de Vaska s'est encore élargi. Ce dernier sait bien qu'il peut ouvrir et fermer le portail mieux que Kolia, qui n'est même pas capable de marcher correctement. Malgré cela, Lela confie cette tâche à Kolia et pas à lui.

Lela et Irakli se dirigent vers l'immeuble voisin. Celui-ci ressemble fort au bâtiment principal de l'internat : blanc, à quatre étages, entouré des quatre côtés par des jardins que les voisins au cours du temps ont partiellement transformés en places de stationnement. C'est justement les habitants de cet immeuble qui ont baptisé l'école-internat pour les enfants handicapés mentaux l'« école des idiots ». Les deux constructions datent de l'époque de Khrouchtchev. L'une d'elles avait été assignée aux citoyens comme logement et l'autre avait été mise à la disposition de l'internat.

Les deux notes de la sonnette rendent un son cordial, vibrant et accueillant. Mzia, une femme aux cheveux courts, corpulente et respirant la santé, ouvre la porte en s'essuyant les mains avec un torchon. Elle n'éprouve aucun embarras à la vue des enfants.

– Pardon ! Excusez-nous ! Pourrait-on passer un coup de fil ? dit Lela.

– Entrez ! Entrez !

Mzia ouvre grand la porte et conduit les enfants dans le vestibule.

L'appartement reluit de propreté. Un arôme entêtant de pâte toute chaude chatouille les narines. Mzia apporte un tabouret pour Irakli. Lela s'assied à côté du téléphone, sur une coiffeuse basse, au miroir à trois faces. Ils ont l'habitude de s'installer comme ça. La femme ferme soigneusement les deux portes du vestibule, l'une s'ouvrant sur la cuisine et l'autre sur le salon. Elle ne le fait pas par manque d'hospitalité, mais au contraire dans le souci de créer les meilleures conditions pour ses invités.

Pendant qu'Irakli compose le numéro, la fille unique de Mzia surgit et, sans dire bonjour, se met à épier les visiteurs. La petite a un ventre proéminent, des seins adipeux et un immense grain de beauté poilu qui fait penser à un scarabée.

– Qui tu appelles ? demande la fillette à Irakli.

– Ma mère, répond-il sans la regarder, et il compose de nouveau le numéro.

– Tu n'arrives pas à la joindre ? demande Lela.

– Ça sonne occupé.

En mettant délicatement son index dans le trou du disque, Irakli amène les chiffres, un par un, jusqu'à la butée, à une vitesse constante. La fille reste un moment dans le vestibule, puis, lassée, disparaît derrière la porte de la cuisine.

– Attendons un peu, dit Lela.

Irakli raccroche.

Ils restent ainsi quelques instants, enivrés par l'odeur de pâte chaude. Puis Irakli compose de nouveau le numéro. Quelqu'un décroche au bout du fil. La voix de femme est si forte que Lela l'entend aussi :

– Allô !

– Maman, c'est moi ! dit Irakli.

– Ah, Irakli ! dit la femme, surprise et embarrassée. Comment vas-tu ? Je n'ai pas pu venir, j'étais débordée... J'ai trouvé un nouveau travail... J'attends encore quelques propositions... Et toi... comment ça va ?

– Bien. Quand tu viendras ?

Irakli tient le combiné d'une main, coude plié, l'autre coude appuyé sur son genou. Il répond et interroge d'une manière sèche et laconique comme s'il était pressé et ne pouvait pas se permettre de s'étendre davantage.

– La semaine prochaine… Je te l'ai déjà dit… La semaine prochaine…

– Quelle semaine, celle qui vient juste après ?

– Oui. Tu ne te rappelles plus ?

Irakli, soupçonneux, hésite.

– Si, je m'en souvenais… Mais j'ai pensé que tu parlais de cette semaine…

– D'où téléphones-tu ?

– Je suis chez une voisine.

– Quoi de neuf chez vous ? Tu n'as plus mal à la tête ?

– Non.

Le silence retombe.

– Tu te souviens de Sergo ?

– Quel Sergo ?

– C'était un garçon d'ici. Il est mort.

– Ah, quel malheur ! Que lui est-il arrivé ?

– Il a été renversé par une voiture.

– Ah, le pauvre… Quel malheur ! Comment est-ce arrivé ?

– Il traversait la route et…

Lela observe Irakli, légèrement penché en avant. Son visage est pâle, presque diaphane. Les sourcils froncés, il fixe le sol.

– J'espère que tu es sage et que tu écoutes tes enseignants.

– Oui.

– Bon… Je te laisse, parce que je dois sortir.

– D'accord.

– Sois sage. Obéis à tes professeurs et ne va pas dans la rue.

– D'accord.

Une sonnerie entrecoupée retentit dans le combiné. Irakli raccroche.

– On y va ? demande Lela.

– Allons-y, répond Irakli.

Mzia apparaît devant la porte d'entrée et fourre dans les mains des enfants des parts de *lobiani*[1], deux chacun, enveloppées dans du papier journal pour que la pâte chaude ne leur brûle pas les doigts.

---

1. Pain fourré aux haricots rouges.

Les enfants descendent l'escalier lentement, en silence. Leur appétit, éveillé par l'odeur, a disparu.

– Tiens-moi ça, dit Lela en tendant son morceau à Irakli, bien qu'elle n'ait nullement besoin de se libérer les mains.

Dehors, il fait beau. Le soleil brille. Goderdzi, le fils de Venera, lave sa voiture devant l'entrée de l'immeuble, ce qui a laissé des flaques d'eau partout.

Lela saute par-dessus la petite mare. Irakli la suit en sautillant.

– Mais tu ne te souviens pas si elle t'a parlé de cette semaine ou de la semaine prochaine ?

– J'sais pas...

Sur le chemin, ils croisent Marika, la voisine de l'immeuble d'à côté. Quand elles étaient petites, les deux filles jouaient ensemble. Marika n'a que quelques mois de plus que Lela, mais il y a des années, cette différence était sensible. La petite fille grandissait sans père et elle avait une peur panique de sa mère. Parfois, quand Marika était seule, elle emmenait Lela jouer chez elle à un certain jeu : Marika enlevait la culotte de Lela puis la sienne. Ensuite elles se couchaient côte à côte. Elle posait sa main entre les jambes de Lela et lui demandait de faire la même chose avec elle. Lela aimait que Marika la touche entre les jambes mais elle n'aimait pas lui faire la même chose parce que sa main avait ensuite une odeur désagréable. Mais elle acceptait. Les filles restaient couchées longtemps, sans bouger et sans dire un mot. Marika disait à Lela de fermer les yeux et de dormir, mais Lela n'avait pas sommeil et Marika, elle non plus, ne s'endormait pas. Elles restaient allongées jusqu'au moment où Marika décidait de se lever.

Ayant un peu grandi, Marika changea les règles du jeu. Une fois, elle fit descendre Lela dans une cave et lui montra son organe sexuel. Alors, pour la première fois de sa vie, Lela découvrit qu'il existait un troisième sexe : un organe incompréhensible, qui avait poussé entre les jambes de Marika et qui rappelait à la fille les barbillons du coq. De surcroît, la peau du pubis n'était plus lisse, mais couverte de poils épais. Lela, elle aussi, baissa sa culotte et toucha le sexe de Marika avec le sien, comme celle-ci le lui demandait. Elles restèrent ainsi un moment, dans une position inconfortable. Enfin, Marika interdit à Lela d'en parler à quiconque et ajouta qu'il n'y avait rien de mal à ça et que les filles de sa classe, elles aussi, jouaient comme cela… Plus tard, quelques mois après pour être précis, avec le changement subi par son sexe, Lela revint à l'idée qu'il existait bien deux sexes et non trois.

Puis le jeu cessa et Marika rompit toute relation avec Lela. Elle ne l'emmenait plus chez elle et apparaissait elle-même rarement dehors. Marika avait sans doute décidé que Lela était une idiote et qu'on ne joue pas avec les idiots. C'est ce que Lela imaginait. Depuis elles se croisaient dans la rue ou dans la cour de l'immeuble et se saluaient. Belle, bien coiffée, Marika ne se distinguait guère de ces filles qu'on voit dans la rue et qui ont un chez-soi et des parents. En la regardant, un doute traversait l'esprit de Lela : ses souvenirs étaient-ils nourris de réalité ou étaient-ils le fruit de son imagination ?

Lela et Irakli s'approchent de Marika et la saluent.

– Où vas-tu ? demande Lela.

– À mon cours d'anglais, répond Marika, et elle lui sourit chaleureusement.

Quand Marika marche, ses cheveux châtains ondulent sur ses épaules. Elle a un nez long et fin, et un sourire timide. Elle poursuit son chemin et les deux enfants reprennent le leur.

– Mange, dit Irakli, et il tend à Lela ses morceaux de *lobiani*. Le garçon, affamé, mange goulûment.

Lela se rappelle le jour où elles étaient seules chez Marika. En cachette, Lela fit fumer une cigarette à son amie, puis elles ôtèrent la croûte du pain, la mangèrent, déplacèrent les chaises et aménagèrent une sorte de scène de théâtre. Absorbées par leurs occupations, elles ne remarquèrent pas la mère de Marika, qui rentrait du travail. Celle-ci avait un visage sévère et maussade. Elle salua Lela et reprocha à sa fille de ne pas faire ses devoirs. Marika s'excusa auprès de Lela en lui expliquant qu'elle avait un devoir d'anglais à faire et s'assit à son bureau. Sa mère se chargea de raccompagner Lela dans le vestibule et ouvrit la porte. En sortant, la fille mit la main sur le chambranle et la femme ne se rendit pas compte qu'elle refermait la porte sur ses doigts. Lela poussa un cri de douleur. La femme rouvrit la porte et, sincèrement peinée, prit la main blessée et souffla dessus. Des larmes coulèrent des yeux de la fille. La femme voulut aller lui chercher un linge imbibé d'eau froide, mais Lela refusa et partit.

– Alors, qu'est-ce qu'elle a dit, à la fin ? demande Lela à Irakli.

– Qu'elle viendrait la semaine prochaine... Que c'était de la semaine prochaine qu'elle m'avait parlé.

Lela mâche son *lobiani* et enlève le papier qui l'enveloppe d'un geste vif, comme si c'était un insecte et qu'elle voulait s'en débarrasser. Le lambeau de journal s'envole vers la route.

– Je ne comprends pas pourquoi tu t'accroches à ses basques ! Tu sais bien qu'elle ne viendra jamais ici. T'en as pas marre de l'appeler et de te mettre à plat ventre devant elle ?

Irakli mange son morceau à pleines dents.

– C'est à toi de voir... Mais à ta place, je ne l'appellerais plus, dit Lela.

Les deux compagnons ne retournent pas à l'internat. La fille a un peu de monnaie et elle veut acheter quelques cigarettes. Ils continuent leur route.

Le soleil est brûlant. Il baigne tout d'une lumière éblouissante. Seule la brise agite les feuilles et les ombres paresseusement allongées dans la rue vide. Aucun passant. Comme si tout s'était arrêté. On dirait que tout le monde, y compris Zaïra la vendeuse, s'est volatilisé. La circulation est rare ; une *marchroutka*[1] ou un bus passent de temps à autre et provoquent un tourbillon de poussière. C'est tout.

Sur le bas-côté, au pied d'une clôture, quelques vieilles femmes sont assises sur un banc. Elles s'abritent à l'ombre des branches d'un mûrier. Elles bavardent pour tuer le temps. Elles regardent les enfants passer. Les mains dans les poches de son gilet, épaules levées, dos voûté, Lela avance à pas rapides.

– Bonjour, dit-elle, et elle continue son chemin.

– Bonjour, ajoute Irakli.

Les femmes plissent les yeux et scrutent les jeunes de l'internat.

– Attendez une minute ! dit l'une.

Lela et Irakli s'arrêtent.

– Qu'y a-t-il ? demande Lela, et elle met sa main en visière au-dessus de ses yeux.

Elle observe les femmes sans comprendre laquelle les a appelés.

1. Minibus privé servant de taxi collectif en URSS et dans les pays post-soviétiques.

– Viens ici ! dit l'une qui est un peu plus jeune, la tête couverte d'un foulard bariolé.

Malgré ses dents manquantes, son visage aux pommettes saillantes porte les traces d'une beauté passée.

Lela se dirige vers elle. Les trois autres s'agitent malicieusement et chuchotent à l'oreille de celle au foulard bariolé, qui, en faisant un clin d'œil à la petite vieille assise à côté d'elle, demande à Lela :

– Es-tu un garçon ?

La jeune fille, un moment désarçonnée, comprend où les femmes veulent en venir.

– Oui, je suis un garçon. Quelque chose ne te plaît pas ?

– Laisse tomber, on y va ! dit Irakli.

Les femmes s'esclaffent. Comme si ce rire libérait d'un poids leurs vieux visages moroses et ridés et les mettait à nu. La femme au foulard bariolé évalue Lela du regard.

– Un garçon ? Mais comment ? Tu n'en as pas…

– Mais bien sûr que j'en ai ! Qu'est-ce que tu crois ?

Lela rit et les femmes, elles aussi, rient à gorge déployée.

– Où ? Dans ton pantalon ? Ça ne se voit pas.

C'est une autre vieille à lunettes, jusqu'ici silencieuse, qui parle. Elle chasse les mouches de ses mollets à l'aide d'un journal roulé.

– Montre alors ce que tu as… ricane la femme au foulard bariolé.

– Ça va te faire peur, dit Lela.

Irakli éclate de rire.

– Je vais avoir peur ?

– Pour sûr ! Tu n'en as jamais vu une aussi longue et aussi dure !

Irakli se tord de rire.

Les femmes rient aux éclats. Certaines maudissent Lela.

Les enfants reprennent leur chemin.

La voix de la femme au foulard bariolé rattrape la jeune fille :

– Alors tu aimes les filles, c'est ça ?

Lela se retourne.

– Oui, j'aime les filles… mais pas comme toi !

– Bah ! Ça signifie quoi, comme moi ? Comment peux-tu savoir qui je suis ?

Visiblement troublée, la femme cherche à ne pas perdre la face.

– Ce que tu es ? Une grosse merde ! crie Lela.

– Hé, toi, le gars ou la donzelle ! Ne me cherche pas, sinon je vais te chatouiller les côtes !

Lela s'arrête et se retourne vers les femmes.

– Viens alors, qu'est-ce que tu attends ? Je vais casser ta vieille tête ! Tu verras ! Je m'en fiche ! De toute façon, personne ne va m'arrêter ! Ils diront que je suis folle, que je suis une idiote… Et toi, tu auras la tête en bouillie !

Les femmes caquètent comme des poules en maudissant la fille. Irakli et Lela se remettent en marche. Soudain, Irakli se retourne, ramasse un caillou et, en visant les pieds des femmes, le lance comme pour effleurer la surface de la mer. Et il accompagne son geste de jurons :

– Vos gueules, putain ! Allez-vous faire foutre !

Irakli et Lela s'arrêtent devant un magasin vétuste qui ne vend que du pétrole, des allumettes et des cigarettes. Le vendeur n'est pas là. Un homme qui a sans doute dépassé la quarantaine, désœuvré, en jogging et chaussons, est assis devant l'entrée. En voyant les clients, il se lève paresseusement et disparaît derrière la porte. Peu de temps après, une femme âgée, maigre, vêtue de noir, probablement sa mère, sort de la baraque. Elle est courbée par les ans, mais marche d'un pas vif. Un mouvement de mastication agite ses joues fripées, gonflées de nourriture. Elle était sans doute en train de déjeuner, mais elle ne veut pas perdre un seul client.

Lela et Irakli rentrent à l'internat par le même chemin qu'à l'aller. Les femmes sont toujours là, assises sur le banc, absorbées dans une vive discussion. Elles ont bien remarqué les enfants, mais elles n'ont plus aucune envie de parler aux fous du quartier. Comme si elles ne les connaissaient pas. Maintenant, elles s'en moquent.

Pendant la nuit, une voiture s'arrête devant l'internat. Lela sort de sa loge et ouvre le portail. C'est Koba, un voisin. Sa voiture est étincelante de propreté. Il baisse la vitre et il regarde Lela, debout à l'entrée. Il n'est plus le même qu'à l'enterrement de Sergo. Maintenant, il regarde Lela par en dessous, il la dévisage. Sa timidité et sa retenue passées ont disparu.

– Ça va ?

– Oui, ça va.
– Tariel n'est pas là ?
– Il ne travaille plus ici. C'est moi maintenant.
– Ah, dis donc ! Bravo !
Lela attend que Koba fasse entrer sa voiture pour fermer le portail, mais le jeune homme ne se dépêche pas.
– Quand viens-tu faire un tour dans ma voiture ?
– Je ne sais pas. Je n'ai pas le temps.
– Bah ! À ce point-là ? Tu n'as vraiment pas le temps ?
Koba réfléchit un moment, puis il éclate d'un rire forcé et secoue la tête, comme pour montrer à Lela qu'il en sait beaucoup plus que ce qu'elle croit. Il démarre enfin. Dans la cour, il n'y a personne sauf un chien aux flancs creux. Il aboie, comme ça, par obligation, puis se tait et se roule en boule sous un sapin.
Lela regagne sa loge sans attendre. Koba gare sa voiture, éteint les phares, coupe le contact et traverse la cour éclairée par la lune. En passant devant la loge de gardien, il frappe à la fenêtre puis ouvre la porte sans attendre. La jeune fille, assise sur son lit, fume.
– Je ne veux pas comme ça, gratis... Je vais payer... Combien tu veux ?
Elle ne répond rien. Il se tient dans l'embrasure de la porte comme un cow-boy, bien que ni son physique ni sa tenue ne jouent en sa faveur. Avec son jean à pattes d'éléphant et sa chemise imprimée de palmiers rouges, rentrée dans son pantalon, il ressemble plutôt à un touriste venu d'une ex-république soviétique, qui se serait égaré dans la rue de Kertch.
– Hein, t'as pas aimé la dernière fois ?
Koba sourit de son sourire spécial, de travers. Ses deux dents de devant sont rongées par des caries et il veut coûte que coûte les cacher. Parfois, dans un brusque éclat de rire, il ouvre grand la bouche. Aussitôt, il s'arrête net et retrouve son sourire oblique.
– Qu'en dis-tu ? Je t'emmène, je te ramène et je te paie. Je ne veux pas gratis. L'argent n'est pas un problème pour moi.
Il sourit obliquement.
– Alors, où est le problème pour toi ?
Légèrement troublé, il change de posture, mais le sourire forcé ne quitte pas son visage. Comme s'il voulait prouver qu'il

n'était animé que de bonnes intentions en venant ici et qu'il ne cherchait nullement à entamer une discussion tendue et déplaisante.

– Bref, réfléchis, dit-il avant de partir.

Lela ferme la porte et aspire une grande bouffée. La fumée se dissipe lentement et s'évanouit avec le bruit des pas de Koba.

Une semaine passe… Encore quelques jours… La mère d'Irakli ne vient toujours pas.

Lela accompagne une fois de plus Irakli jusqu'à l'immeuble voisin. Dans la cour, devant l'entrée du bâtiment, Goderdzi, le fils de Venera, couché sous une voiture, la répare. Quelques jeunes, dont Koba, se tiennent à proximité et l'observent. Le t-shirt de Goderdzi est remonté, découvrant son ventre velu, tapissé de poils bouclés qui poussent en tous sens et qui le font ressembler à un animal se prélassant sur le sol. Koba ne regarde pas Lela.

Comme à son habitude, Mzia, le visage avenant et un sourire bienveillant aux lèvres, ouvre la porte. Par les fenêtres ouvertes, la douce brise estivale pénètre dans l'appartement et fait voleter les rideaux de la porte. Lela et Irakli reprennent leurs places habituelles : lui sur le tabouret et elle sur la coiffeuse.

La sonnerie retentit, mais personne ne décroche. Le garçon compose le numéro d'une voisine de sa mère, qu'il connaît par cœur. Un homme répond au téléphone.

– S'il vous plaît, pourriez-vous appeler Inga ?

La voix de l'homme disparaît. Après un long silence, une voix de femme, qui ne ressemble pas à celle de la mère d'Irakli, demande :

– C'est qui ?

– Irakli, le fils d'Inga.

– Ah, Irakli ! Comment vas-tu ? Je suis Ivlita, grand-mère Ivlita, tu te souviens de moi ?

– Oui…

– Ta mère n'est pas là, Irakli. Elle est partie pour la Grèce. Elle a dit qu'en revenant elle te prendrait avec elle. Tu m'entends ?

On l'entend parfaitement, mais elle crie comme si Irakli était sur un autre continent et qu'il était difficile de se faire entendre.

Irakli reste un moment silencieux.

– Quand va-t-elle rentrer ?

– Elle ne sait pas encore. D'abord, elle doit trouver du travail. Et toi, comment vas-tu ?

– Bien.

Irakli garde la même position que la fois précédente : penché en avant, il tient le combiné d'une main et de l'autre s'appuie sur son genou. Lela observe les yeux du garçon, fixés sur le sol. Une fois de plus, elle remarque qu'ils sont bordés de longs cils recourbés.

– Tu veux que je transmette quelque chose à Inga si elle m'appelle ? demande la femme.

– Demande-lui quand elle pense revenir, répond le garçon après une courte hésitation.

– Bon, je lui demanderai.

– Au revoir.

– Au revoir, Irakli. Ne t'en fais pas. Courage !

Irakli raccroche.

– On y va ? demande Lela.

– Allez ! répond Irakli.

À la porte, Mzia, toujours gaie et souriante, met dans les poches des enfants des bonbons acidulés au berbéris, deux chacun.

Lela et Irakli se dirigent vers l'internat. Lela ne dit rien à Irakli sur sa mère. Taciturnes, ils marchent jusqu'à ce que le garçon rompe le silence :

– Elle est vraiment partie ?

Lela, après avoir un peu réfléchi, sort le bonbon du papier.

– Sans doute.

Elle essaie d'enlever le papier collé au bonbon avec ses dents, puis tend l'autre bonbon à Irakli.

– Tiens. Il est bon.

– Garde-le pour toi. J'en ai aussi.

Ils marchent. Irakli, tête baissée, est tout pâle. À la lumière du soleil couchant, ses oreilles bien dessinées ressemblent à des feuilles rouges et nervurées.

3

C'est vrai, la rue de Kertch n'a pas de héros. Mais n'oublions pas qu'il a fallu attendre trente et un ans pour que la ville de Kertch soit récompensée pour son héroïsme. Qui sait ? Peut-être, un jour, apprendra-t-on qu'un véritable héros a vécu entre les murs puants de l'internat. Dans ce cas, il est probable que l'on accordera cet honneur à Cyril et à Ira. Des années ont passé depuis qu'ils ont quitté l'institution. Plus le temps passe, plus il est difficile de croire que ces personnes intelligentes, qui ont réussi dans la vie, ont grandi à l'internat. Cyril a été le premier à partir, puis Ira l'a suivi cinq ans plus tard.

Lela et les autres enfants ont souvent entendu leurs enseignants évoquer les deux jeunes gens. C'était surtout Dali qui en parlait avec enthousiasme et tendresse.

Au début, Cyril a maintenu un lien avec l'internat. À l'époque, Lela était petite, mais elle se souvient encore de ses visites. Il était d'origine russe, de haute taille, maigre, voûté et blond. Il parlait calmement et ne s'énervait jamais. Il portait toujours des pantalons à pattes d'éléphant et de loin il ressemblait au chanteur du dessin animé *Les Musiciens de Brême*[1]. Une image

1. Dessin animé soviétique (1969) adapté du conte des frères Grimm, dont les dialogues étaient composés uniquement de chansons. La musique de Guennadi Gladkov s'inspirait du rock'n'roll.

s'est gravée à jamais dans la mémoire de la petite fille d'alors : Cyril marchant vers l'internat. Ses bras lourds se balançaient. Tenant dans une main un sac en plastique, il ressemblait à un homme fatigué, revenant chez lui après le travail. Les enfants, les nouveaux comme les anciens, qu'ils le connussent ou non, couraient à sa rencontre. Cyril souriait, saluait les enfants, sortait des friandises de son sac et les distribuait. Dali contemplait ce spectacle, les larmes aux yeux. Elle était fière que Cyril soit devenu un homme si bon et qu'il ait une vie si décente. Le jeune homme avait une telle popularité d'abord parce qu'à la fin de ses études secondaires il avait obtenu la médaille d'or et qu'ensuite il avait suivi des études supérieures. Il habitait l'internat, mais, bon élève, il fréquentait l'école secondaire pour les enfants « normaux », en section russe. Il avait terminé l'école avec la mention « Excellent », ce qui lui avait valu la fameuse médaille d'or. Après ses études supérieures, il avait trouvé un travail. Quand il venait à l'internat, il ne restait pas plus d'une heure. Sur son visage fatigué flottait un sourire triste. On sentait qu'il était très pris et qu'il avait une autre vie, avec ses soucis et ses préoccupations.

Puis Cyril, comme beaucoup d'anciens de l'internat, disparut sans laisser de traces. Les uns disaient qu'il était parti pour la Russie, les autres, qu'il avait été tué. En fait, personne n'en savait rien. Peu à peu, le mythe de ses aptitudes exceptionnelles était tombé dans l'oubli et même Dali n'en parlait plus que rarement.

Le second héros, ou plutôt héroïne, était Ira. Elle était géorgienne par son père et russe par sa mère. Son père avait abandonné sa mère et celle-ci, à son tour, avait abandonné ses enfants. Ira avait de nombreux frères et sœurs et elle savait par cœur dans quel internat ou dans quel orphelinat se trouvait chacun d'eux. Elle était une jeune fille charmante, blonde et bien faite. En la voyant passer dans la cour de l'immeuble voisin, personne ne pensait qu'elle avait un rapport avec l'« école des idiots ». Tout comme Cyril, sa réputation était fondée sur ses brillantes études. Après avoir obtenu la mention « Excellent » à la fin de ses études secondaires, elle avait choisi d'étudier le droit. Elle avait accompli son exploit plus tard et il dépassait ceux de Cyril : on racontait qu'Ira avait porté plainte contre sa mère, qu'elle avait gagné le procès et privé sa mère de l'autorité parentale. Elle avait réussi à obtenir la garde du dernier enfant que sa mère, on ne sait pourquoi, élevait elle-même. Dali était particulièrement touchée par cette histoire et s'en souvenait avec des larmes dans les yeux.

Ira est restée dans la mémoire de Lela. Puis Ira s'est mariée et elle est venue plus rarement. Elle était toujours aussi joyeuse et ravissante. Elle portait souvent une minijupe en cuir et un débardeur, noirs tous les deux. Elle avait les cheveux courts ; elle les avait coupés après son mariage. Quand elle était là, si les enfants jouaient au foot dans le stade, Ira interceptait adroitement le ballon et, moulée dans sa minijupe, courait vers le but. Elle riait à cœur joie et ne manifestait aucun signe de tristesse ou de misère.

L'internat n'avait pas d'autre héros. Les enfants aimaient écouter les histoires de ces élèves exceptionnels et demandaient comment ces deux-là, s'ils étaient vraiment des idiots, avaient pu terminer l'école et faire des études supérieures. En règle générale, même l'enfant le plus doué de l'internat rencontrait des difficultés scolaires. Les enseignants répondaient alors que dans cet établissement certains élèves étaient loin d'être arriérés comme Kolia et Stella. Ils se retrouvaient ici pour différentes raisons : il n'y avait plus de place dans les autres établissements et les conditions de cet internat étaient meilleures. Les enseignants avaient bonne réputation, il y avait une grande cour, un stade, etc., etc.

Il y avait aussi ceux qui ne deviendraient jamais des héros, mais qui resteraient à jamais dans la mémoire de Lela, ainsi que dans l'histoire de l'institution. Comment oublier Marcel, par exemple, dont l'arrivée frappa l'internat et tout le quartier comme la foudre ?

Marcel était un garçon noir de quinze ans, originaire de Batoumi. Il ressemblait à un poulain noir sauvage, non débourré et impossible à approcher. Il suffisait de passer à côté de lui pour qu'il se transforme en animal carnassier, prêt, au moindre prétexte, à bondir et à planter ses crocs dans ta gorge et à la déchirer. Marcel piquait des colères terribles et criait comme un damné. Qui échappait à ses poings n'évitait pas son crachat. S'il sentait que sa victime lui échappait, il allongeait son visage mince, remuait illico ses joues en remplissant sa bouche de salive et visait la nuque de l'adversaire en fuite. Il pouvait projeter son crachat avec beaucoup de force et très loin. Les enfants en avaient horreur plus que de ses poings. Personne ne savait d'où il était, comment il s'était retrouvé à Tbilissi, qui l'avait amené dans cet internat, ni s'il avait de la famille. Il était comme une pièce de musée. Jusqu'ici, personne n'avait vu de Noir, sauf à la télévision. Tout le quartier venait. Les adultes s'arrêtaient devant l'internat pour le regarder. Les adolescents du quartier, fascinés, se postaient aussi devant le grillage et l'appelaient :

– Hé, le nègre, viens ici !

Marcel se penchait, empoignait du gravier et le jetait sur les spectateurs pour les disperser. Parfois, il se ruait sur la clôture, s'y agrippait, la secouait comme s'il voulait l'arracher et hurlait comme une bête blessée. Quand il se mettait à cracher, les spectateurs s'éloignaient en proférant des injures.

Marcel faisait peur à Lela, mais, en même temps, tout ce qu'il faisait la fascinait. Le garçon courait très vite, jouait au foot comme un dieu, ne craignait personne, n'écoutait jamais les enseignants et faisait ce qui lui plaisait. Lela ne parla avec Marcel que trois fois. Il s'exprimait calmement, dans un géorgien parfait, avec un léger accent russe.

La première fois, Marcel s'approcha de Lela au réfectoire. Il lui demanda si quelqu'un ne jetait pas des mouches dans les plats. La deuxième fois, il lui parla dans la cour : il voulait connaître l'itinéraire d'un bus. La troisième fois, ce fut encore dans la cour. Cette nuit-là, ne réussissant pas à s'endormir, Lela sortit prendre l'air. Elle caressa le chien de l'internat puis alluma une cigarette. Marcel était là aussi mais, avec l'obscurité, Lela ne le voyait pas. Elle l'aperçut un peu plus tard, assis sur la planche entre les deux sapins. Le blanc de ses yeux brillait dans l'obscurité. Il siffla. Lela tourna la tête et vit que le garçon lui faisait signe de le rejoindre. Elle s'approcha sans crainte.

– Donne-moi une cigarette ! dit Marcel.

Lela cala sa cigarette allumée au coin de sa bouche, plongea la main dans la poche de sa chemise et en sortit deux cigarettes. Elle en donna une à Marcel et remit l'autre à sa place. Le garçon avait un énorme briquet qu'il tripotait sans cesse. Il alluma la cigarette et dit à Lela :

– Assieds-toi.

Elle obtempéra. Il fumait silencieusement. Elle aussi fumait sans mot dire. Il tirait si fort sur sa cigarette que celle-ci se consuma très vite. Lela sortit sa dernière cigarette et la lui tendit. Le garçon la prit, se leva et partit sans rien dire. Arrivé près des sapins, il se retourna pour lui demander :

– Y a-t-il une mer par ici ?

Lela secoua la tête, mais, se rendant compte que Marcel ne pouvait pas voir son geste dans l'obscurité, elle ajouta :

– Non.

Il lui tourna le dos et s'éloigna. Ce fut leur dernière rencontre. Quelques jours plus tard, pour des raisons inconnues d'elle, on retira le garçon de l'internat. Personne ne sut où il était parti, s'il avait été transféré dans une autre institution ou si un membre de sa famille l'avait pris en charge. Peut-être était-il retourné dans l'orphelinat de Batoumi.

Lela se souvenait aussi de Félix, un garçon maigre, taciturne, inoffensif. Il ne cherchait pas à se rapprocher des autres et marchait toujours seul, tête basse. Il n'aimait pas jouer au foot et n'avait aucun esprit de compétition. Une fois, il trouva une petite roue de vélo. Alors il prit une longue tige de fer, terminée par un crochet, la fixa à la roue et se mit à faire rouler son « joujou ». Avait-il déjà vu une chose pareille ou l'inventa-t-il lui-même ? Il ne se lassait pas de sa roue. Certains enfants l'imitèrent et récupérèrent des roues jetées à la ferraille, les accrochèrent à des tiges et lui emboîtèrent le pas. C'était curieux de voir cette bande de « cyclistes » étranges, aux « bicyclettes » à une roue, marchant tête baissée. Beaucoup se lassèrent vite de ce jeu monotone et l'abandonnèrent. Félix, lui, continua. Il marchait, les épaules levées, son maigre cou penché en avant. Il promenait sa roue dans le stade, sur les petites buttes, sur la route, au bord des trottoirs, sur les chemins caillouteux... Il était attentif, comme s'il cherchait un trésor, muni d'un détecteur de métaux. Tel un humain désobéissant, la roue allait où elle voulait. Sur l'asphalte, elle roulait à un rythme constant, mais dans le stade poussiéreux et sur les chemins raboteux, elle se détraquait. Toute la maestria de Félix résidait dans sa capacité à comprendre cette créature et à la guider sur tous ces chemins périlleux. Quand la roue culbutait, le garçon s'asseyait, examinait minutieusement le crochet et la roue, faisait quelques ajustements et reprenait son jeu. On lui proposa plusieurs fois de troquer sa roue contre une autre, plus neuve ou plus grande. Mais il refusa toujours. Comment aurait-il pu accepter de se séparer de cet objet devenu son petit chien fidèle, avec qui il partageait ses longues journées monotones ?

Un jour, quelqu'un vola la roue. Félix savait que son caniche ne le retrouverait jamais. Il ne pouvait pas aboyer, ni suivre son maître à la trace. Félix savait aussi que le voleur n'était absolument pas intéressé par cette roue, qu'il ne la promènerait jamais. Il n'avait eu qu'un seul but : séparer Félix de cette créature étrange. Sans doute, celle-ci traînait-elle déjà quelque part, sur un tas d'ordures.

Félix cessa de chercher sa roue. Il marchait seul, épaules levées et tête basse. Il observait le sol comme s'il espérait faire une autre trouvaille, une autre roue qui aiguillerait sa vie sur de meilleurs chemins. Quand le garçon eut un peu grandi, il se mit à travailler dans les jardins des voisins et gagna leur confiance. Les gens n'hésitaient pas à lui laisser les clés des portails de leurs jardins et de leurs abris et ils lui donnaient un peu d'argent.

Félix quitta l'internat au bout de peu de temps, avant même la fin de ses études. Un beau jour, il se leva et partit ; on ne le revit plus. On apprit qu'il était devenu porteur au marché de Lilo. Il se donnait du mal, il travaillait et, comme disait Dali, gagnait son pain à la sueur de son front.

Oui, il y en avait eu encore d'autres que l'internat ne pourrait jamais oublier et parmi eux, bien évidemment, Sergo, qui gisait maintenant dans le cimetière d'Avtchala.

Il y avait aussi Aksana, une fillette blonde aux yeux bleus et à la peau blanche, presque transparente. Elle avait un sourire perdu et des lèvres rouges toujours humides. Elle bégayait un peu et quand elle parlait, la bave s'accumulait au coin de ses lèvres. À la différence des autres filles de l'internat, Aksana ne s'habillait pas en garçon. Elle n'aimait pas les pantalons et portait toujours des robes multicolores et des jupes. Elle était belle, mais tout le monde savait qu'elle ne serait jamais une héroïne, justement à cause de ce sourire inapproprié qui ne quittait pas son visage mince et délicat. Elle sortait souvent avec de jeunes hommes du quartier. Elle revenait avec des bonbons, des babioles… et avec son sourire éternel sur les lèvres. Quelques expressions couraient dans les environs, telles que : « C'est grâce à Aksana que tout notre quartier a appris à faire l'amour », « Ferme ta braguette, Aksana arrive ! », « Avec Aksana, on s'est sucé la pomme et je lui ai donné un bonbon », « Aksana a pris ma pine pour une tétine », etc.

Elle ne se fâchait jamais. Personne ne l'avait jamais vue les sourcils froncés ou l'air maussade. Elle souriait et ne disait rien. Lela ne la vit pleurer qu'une seule fois. Ce jour-là, Lela était dehors. Elle faisait des tours sur la route, sur le vélo que Marika lui avait prêté. Elle alla jusqu'au bout de la rue et sur le chemin du retour, là où commençait la cour du Technicum d'industrie légère, plantée de sapins et un peu en retrait, elle vit Aksana qui sanglotait. Lela lui demanda ce qui s'était passé et qui l'avait mise dans cet état. Aksana essaya de répondre, mais les larmes l'étouffaient. Elle ne pouvait que répéter : « Salaud ! Salaud ! » Lela la prit sur son vélo. Aksana retrouva sa bonne humeur, essuya ses larmes et s'agrippa à la conductrice. Lela avait du mal à monter la côte avec son vélo alourdi, mais elle réussit et emmena sa passagère jusqu'à la cour de l'internat. Aksana descendit avec son visage habituel, calme et souriant, et elle se mêla aux enfants.

Un jour, Aksana disparut elle aussi. Lela a oublié quand c'est arrivé. En général, les enfants n'étaient jamais avertis des départs et il n'existait aucune tradition d'adieux. Les enfants n'apprenaient la nouvelle que si leurs yeux remarquaient l'absence. Ce fut le cas avec Aksana. Elle disparut, comme si elle n'avait jamais existé. Ses robes, son sourire, ses cheveux blonds, ses allers-retours incessants et ses trajets dans diverses voitures, tout disparut avec elle.

Il y avait encore Ilona, une Gitane insoumise, qui ne craignait personne. Une fois, elle dit à une journaliste venue à l'internat que Vano l'avait baisée. Tsitso n'en tint aucun compte, mais la journaliste multiplia ses visites, comme si elle cherchait à enquêter. Elle filmait même les enfants. Tsitso ne s'y opposa pas. Lela entendit ce qu'elle disait à la journaliste à propos d'Aksana, dont le sort était partagé par quelques filles d'ici : « Nous ne pouvons pas leur interdire de sortir. Quand elles sortent, nous n'avons aucun moyen de savoir ce qu'elles font, même dans le quartier... Nous ne pouvons pas contrôler les cadeaux qu'elles reçoivent... Elles le désirent aussi... On ne peut pas aller contre la nature... Elles sont pubères... Cela les intéresse. Aksana, par exemple, sort souvent. Puis elle rentre avec des cadeaux... » La journaliste, une jeune femme aux cheveux gris, vêtue simplement, écoutait Tsitso attentivement. Elle posait mille questions aux enfants, notait leurs réponses... Puis, Dieu sait pourquoi, elle disparut en emportant avec elle les récits de Tsitso et d'Ilona.

Plus tard, des bruits coururent sur le compte d'Ilona : elle faisait la manche près de la gare ferroviaire et se prostituait... On racontait aussi qu'elle vivait de nouveau avec ses parents et ses proches quelque part sur la colline de Lotkini[1]. Une dispute aurait éclaté entre ses parents. Pour échapper à la colère de son mari, sa mère se serait enfermée dans un placard avec le petit frère d'Ilona. Le père aurait tiré sur le placard et le petit frère, atteint d'une balle, serait mort... Puis, plus aucune nouvelle d'Ilona. Depuis sa fuite, elle n'avait plus remis les pieds ici. On disait aussi qu'après cette histoire elle avait suivi son père en Russie.

Lela se souvenait également de Dato. C'était un noiraud costaud et inoffensif. Personne ne savait pourquoi Tsitso l'avait pris sous son aile. Il était très triste quand on le traitait d'idiot. Les enfants le savaient et le taquinaient. Dato se regardait souvent dans la glace et se disait : « Est-ce que je ressemble à un idiot ? Pourquoi on me traite d'idiot ? » Une fois, il posa cette question à Tsitso qui le rassura : « Tu n'es pas un idiot. Tes parents étaient des gens très bien, mais ils ont eu un accident de voiture. C'est pour ça que tu t'es retrouvé ici. » Cette histoire consola Dato et il la répéta aux enfants. Avant la fin de sa scolarité, quelqu'un l'emmena à la campagne et l'employa comme ouvrier agricole. Depuis, personne n'avait revu Dato.

Marina avait les cheveux courts, une fossette au menton et une poitrine généreuse. Elle s'habillait toujours en garçon, jouait très bien au foot et passait ses journées dehors, à courir derrière le ballon. Elle était légèrement voûtée. Le poids de sa poitrine avait peu à peu modifié son maintien et sa démarche. Quand Lela pensait à Marina, elle l'imaginait toujours avec un ballon : Marina court, ballon au pied, dribble avec dextérité, dépasse un adversaire, puis un autre... Elle tire avec aisance et marque un but. Le but n'avait pas de filet et la question

1. Quartier de Tbilissi.

de savoir si le but avait été marqué ou non devenait souvent matière à dispute. Marina pouvait tout supporter sauf l'injustice dans le jeu. Alors son visage se couvrait de sueur, sa gorge devenait sèche. Elle haussait le ton et proférait des injures. Marcel n'avait jamais rencontré Marina, sinon ils auraient sans doute été de bons partenaires de jeu. Marina avait quitté l'internat avant l'arrivée de Marcel.

Lela se souvenait bien de Yana, qui avait le même âge qu'elle. Elle avait la grosse tête et se croyait supérieure aux autres. Elle en racontait de belles sur le compte de sa famille, de ses parents, de sa grand-mère décédée, et surtout de son oncle, la seule personne qui lui restait de sa famille. À coup sûr, il la reprendrait à la fin de ses études secondaires. Selon Yana, ses parents avaient laissé un appartement d'une pièce rue Mardjanichvili, qui, mis provisoirement sous scellés, lui appartenait. Elle y emménagerait quand elle aurait dix-huit ans.

Certains, enfants comme adultes, gardent toujours les mains propres. Yana était de ceux-là. Toujours habillée proprement, elle ne se bagarrait jamais, ne disait jamais de gros mots. On ne la voyait ni en larmes ni fâchée, bien que son visage ne manifestât jamais aucune joie. Elle avait l'air plutôt pensive et concentrée. Si quelque chose était cassé ou abîmé, personne n'y voyait la main de Yana. Si on volait quelque chose, tout le monde excluait la main de Yana. D'habitude, elle portait des chemises à carreaux, boutonnées jusqu'au cou. Ses cheveux lisses, d'un blond cendré, coupés court, étaient toujours bien coiffés. Elle avait les lèvres légèrement proéminentes. Lors d'une conversation sérieuse, comme avec la journaliste, elle serrait étrangement les lèvres et parlait la bouche presque fermée.

Un jour, Yana appela Lela et lui demanda de l'accompagner dans l'immeuble voisin. C'était le matin du 1er janvier. Il faisait très froid et les enfants restaient dans les chambres. Les rues étaient désertes. Les gens avaient réveillonné le soir d'avant. Seuls les chiens affamés passaient comme des fantômes sur les chemins gelés. Yana s'arrêta devant la poubelle, retroussa ses manches et se mit à fouiller dans les ordures. Elle dit à Lela de faire la même chose pour aller plus vite. Une fenêtre s'ouvrit et une femme les regarda du quatrième étage. Elle leur fit signe d'approcher. Yana et Lela s'éloignèrent du bac pour se diriger vers l'immeuble. La femme disparut. Deux petites filles, ses enfants, se collèrent à la fenêtre et crièrent qu'il ne fallait pas qu'elles partent et que leur mère allait revenir tout de suite. La femme arriva vite, mit un panier sur l'appui de la fenêtre, attacha une corde à son anse et se mit à le descendre avec précaution. Ah, miracle ! Le panier était plein. Côte à côte, Yana et Lela l'attendaient le cœur battant. Plus le panier approchait, plus il devenait clair qu'il était rempli à ras bord, généreusement. La femme y avait mis des friandises, des *tchourtchkhelas*[1], des fruits secs, des bonbons et des clémentines.

– C'est pour vous, prenez ! cria une des petites filles.

– Enlevez la corde ! ajouta la seconde.

Yana détacha la corde et prit le panier. Sans regarder vers la fenêtre, elles détalèrent et filèrent à toutes jambes jusqu'à l'internat. Elles ne s'arrêtèrent hors d'haleine qu'une fois dans le salon avec la télé où les enfants étaient rassemblés. Des yeux dilatés fixèrent le panier. Le festin fut dévoré en un clin d'œil et il ne resta que les écorces des clémentines. Ce furent des réjouissances inattendues, impossibles à imaginer. Le panier resta entre les mains de Yana. Les enfants retrouvèrent leur calme. Lela n'eut qu'un seul morceau de gâteau mais elle avait encore son goût dans la bouche. De sa vie, c'était la chose la plus délicieuse qu'elle ait goûtée. Même des années après, alors que les Snickers et les Mars importés de Turquie abondaient dans les magasins et que Lela pouvait de temps en temps s'offrir une telle gâterie, il lui semblait que rien n'égalait le goût de ce gâteau.

Une heure à peine après leur festin, Yana revint vers Lela et lui demanda de l'accompagner de nouveau. Elle expliqua qu'elle devait rendre le panier à la femme et exigea que Lela n'en parlât à personne.

Yana fit sortir quelques enfants du salon, choisis selon des critères qui restèrent obscurs pour Lela. Certains avaient du mal à marcher et à parler. Bref, Yana choisit cinq enfants, prit le panier vide et, accompagnée de Lela, conduisit ce groupe vers l'immeuble voisin.

---

1. Friandise traditionnelle : cerneaux de noix enrobés de pâte à base de jus de raisin, en forme de bâtonnet.

La petite fille qui ouvrit la porte de l'appartement fit des yeux ronds en voyant autant d'enfants.

– Appelle ta maman, dit Yana, d'un ton sans réplique.

La fillette courut chercher sa mère. Sa sœur aînée s'approcha de la porte et salua timidement les visiteurs :

– Bonne année !

Les enfants se détendirent d'un coup et, dans un brouhaha, prononcèrent, eux aussi, leurs vœux. La femme vint et les invita à entrer.

C'était la première fois de sa vie que Lela était accueillie comme invitée et qu'on dressait la table en son honneur. La femme disposa les verres, les assiettes, les serviettes et les couverts. Ses filles l'aidaient. La table fut garnie abondamment, avec largesse : poulet rôti, *bajé*[1], *khatchapouris*[2], *satsivi*[3], salade russe, pain, *dolmas*[4], gâteaux, *tchourtchkhelas,* fruits secs, feuilles de pâte de fruit, gâteau cuit dans un chaudron, appelé « gâteau chinois », *gozinaki*[5], limonade, sirop de coing, et toutes sortes de bonbons... Avant de les faire passer à table, la femme conduisit les enfants dans la salle de bains pour qu'ils se lavent les mains.

Ensuite, tout le monde s'assit et les enfants se mirent à manger. Ils étaient sales, mais avaient au moins les mains propres. Les hôtes avaient dressé la table dans la loggia où le téléviseur diffusait un concert pour le Nouvel An. Les stars de la variété géorgienne chantaient l'amour, la loyauté, la patrie et son passé glorieux. Lela garda l'image de deux fenêtres aux rideaux jaunes. Derrière elles, le vent agitait les branches nues d'un peuplier. Il gelait, mais les faibles rayons du soleil filtraient à travers les vitres. Un calendrier montrant la photo d'une forêt épaisse et enneigée était accroché au mur, entre les deux fenêtres. La maîtresse de maison, une femme aux cheveux bouclés et au visage souriant, interrogeait de temps en temps les enfants : où et comment avaient-ils passé le réveillon ?

1. Sauce traditionnelle géorgienne à base de noix.
2. Spécialité culinaire géorgienne : pain garni de fromage.
3. Plat traditionnel composé de dinde à la sauce aux noix.
4. *Dolma* (*tolma*) : plat répandu dans plusieurs pays méditerranéens, au Caucase et en Orient, composé de chou farci de légumes ou de viande.
5. Friandise géorgienne : pâte faite de noix et de miel, découpée en losanges. Se déguste exceptionnellement pour le Nouvel An.

Avaient-ils eu un *mekvlé*[1] à l'internat ? Il se trouvait que le *mekvlé* de la famille qui les accueillait était Yana. En apprenant ce rôle honorable de leur amie, les enfants éclatèrent de rire. Yana restait assise, bouche close ; elle avait tellement mangé qu'elle en avait perdu le souffle.

Les filles de la maîtresse de maison, maigres, les cheveux coupés sous les oreilles, demandaient à leurs convives s'ils avaient un sapin. Elles-mêmes avaient installé le sapin du Nouvel An dans un coin de la loggia, à côté du téléviseur. « Je vais vous montrer quelque chose », dit la sœur cadette. Elle se leva et appuya le doigt sur un appareil posé à côté du sapin. Alors le sapin vert en plastique de taille moyenne se mit à tourner lentement sur lui-même. Les enfants applaudirent. Les sœurs avaient mis des touffes de coton autour du sapin pour imiter la neige. Des flocons de coton ornaient les branches. Les invités, fascinés, regardaient le sapin. Les boules suspendues au sapin reflétaient leurs visages étonnés, les déformaient, allongeaient leur nez... Lela se regardait dans une boule de verre. Le sapin tournait et son reflet échappait à son regard. Alors la fille cherchait à retrouver son visage reflété sur une autre boule.

Les enfants mangèrent jusqu'à plus faim. La femme remplit le panier vide des restes et les raccompagna.

Ça, c'était Yana : elle allait fouiller dans les poubelles et revenait avec des cadeaux fastueux. Et par deux fois ! Plus tard, Yana tomba malade. Personne ne savait exactement ce qu'elle avait. Un jour, elle devint toute pâle, s'affaiblit, perdit l'appétit et parla avec difficulté. Une ambulance l'emmena à l'hôpital. Puis le bruit courut qu'elle vivait chez son oncle et qu'elle ne reviendrait plus à l'internat.

À présent, Yana devait avoir dix-huit ans, comme Lela. Avait-on levé, après tant d'années, les scellés de son appartement ? S'y était-elle définitivement installée ? Enfin, était-elle en vie ? Si oui, où était-elle, comment allait-elle ? Boutonnait-elle toujours ses chemises jusqu'au cou ? Parlait-elle toujours les lèvres serrées ?

---

1. Selon la tradition, la personne qui franchit la première le seuil de la maison le jour de l'An annonce dès son entrée l'année à venir. D'où son nom : *mekvlé* ou pied porte-bonheur.

Les « anciens » qui étaient restés dans la mémoire de Lela quittèrent peu à peu l'internat. Les temps changèrent. Il semblait qu'avant il y avait plus d'enfants rétifs, plus de bagarres, plus de fugues et plus de retours... Comme si tout s'était apaisé. Personne n'amenait plus de nouveaux enfants. Parmi ceux qui avaient terminé l'école, il ne restait plus que Lela.

Maintenant, c'était elle la plus forte. Personne ne pouvait la dominer ni l'emporter sur elle. Petite, elle cherchait refuge auprès des adultes. Qui aurait pu imaginer qu'un jour elle n'aurait peur de personne ? Mais on aurait dit qu'à cause de ça la vie avait perdu tout attrait. Le temps passait lentement, tous les jours se ressemblaient.

Le départ de certains enfants mit fin à des jeux cruels. Non seulement Lela n'y participait pas, mais leur simple vue la faisait frémir. Ça se passait à l'époque de Cyril, à l'époque d'Ira... À l'époque de Marcel elle avait tout vu de ses propres yeux. Les enfants attrapaient une fille, nouvellement arrivée à l'internat ou proche de la puberté. Ils la renversaient à la lisière du verger de poires. Un garçon excité se jetait sur elle et la violait. Les autres, garçons comme filles, maintenaient les bras et les jambes de la malheureuse jusqu'à ce que le garçon ait fini son affaire. Le cœur de Lela se déchirait lorsqu'elle entendait les pleurs et les cris de la victime. Les enfants lui mettaient la main sur la bouche. Lela était effrayée en voyant les jambes écartées, le visage griffé, le sang... Quand le garçon avait terminé, il se levait. Les enfants, eux aussi, abandonnaient la fille étendue à terre et s'égaillaient dans le stade pour jouer. La fille se levait et mettait de l'ordre dans ses vêtements. Elle restait seule un moment puis rejoignait les autres pour continuer sa vie à côté d'eux. Les filles visées étaient surtout celles qui portaient des tenues féminines et avaient les cheveux longs.

Après la chute de l'Union soviétique, l'internat se métamorphosa peu à peu. Le changement affecta tout : des robinets au balcon effondré. Au fil des années, les biens de l'internat disparurent. En revanche, les habits de seconde main et les aides humanitaires, que personne ne connaissait auparavant, firent leur apparition. Mais les enfants en voyaient rarement la couleur. C'était sûrement Tsitso ou quelqu'un avant elle dans la chaîne, qui était chargé de la distribution de cette aumône aux internats et en tirait profit.

Les enseignants, eux aussi, s'en allaient. Des anciens, il ne restait que Tsitso, Dali, Vano, Avto et Gulnara. Des nouveaux arrivaient, mais ils donnaient un ou deux cours, ils comprenaient que travailler là ne valait pas le coup et ils partaient. Les nouveaux arrivants se faisaient rares, même parmi les élèves. Comme si les parents étaient devenus plus humains et ne voulaient plus se séparer de leur progéniture. Peut-être existait-il de meilleurs internats ? Ou bien les idiots ne naissaient-ils plus en ce monde ?

C'est pourquoi, un jour, tout le monde fut surpris en voyant le portail s'ouvrir sur une femme d'une quarantaine d'années, toute pimpante, qui amenait une fillette de neuf ans, elle aussi bien habillée et bien soignée.

Lela ouvrit le portail, demanda aux nouvelles venues où elles allaient et les conduisit vers le bureau de Tsitso. Elle passa la main sur la tête de la fille effarouchée. Tsitso, préalablement avertie, s'était préparée pour cette visite. L'époux de cette femme faisait partie de la famille de la fillette. Ayant perdu ses parents très tôt, elle avait été élevée par sa grand-mère. Mais peu de temps auparavant, la grand-mère était décédée elle aussi et les proches avaient décidé de placer la fille à l'internat.

– Ça te plaît ici ? demanda la femme à la fillette avec un sourire forcé.

Tsitso leur fit faire le tour de la cour, escortée par un groupe d'enfants.

– Ah, regarde comme le terrain de jeu est grand ! dit la femme d'un ton réjoui.

– Ici, on se lave… expliquait Tsitso. Là-bas, les femmes lavent le linge… Tout ce terrain est à nous. Les enfants sont en permanence dehors, en plein air… Là, c'est le réfectoire…

– J'espère que tu ne t'ennuieras pas ici, dit la femme. Regarde-moi ces enfants, qu'ils sont mignons !

La femme se tourna vers les enfants et, comme si elle venait juste de les apercevoir, elle ajouta :

– Ah, qu'ils sont adorables !

Elle effleura la joue de Stella qui s'était mise en avant et lui demanda :

– Comment tu t'appelles ?

– Stella, répondit-elle joyeusement.

– Mon Dieu, qu'elle est mignonne ! dit la femme, et elle caressa sa joue.

L'enfant, intimidée, rougit et sourit de plaisir.

Lela ne comprenait pas pourquoi cette femme laissait à l'internat une fille si belle et si soignée.

La femme s'adressa de nouveau à Nona (c'est ainsi que la fillette s'appelait) :

– Nous viendrons te voir les week-ends... ou tu viendras chez nous...

Puis elle la serra contre sa poitrine. La fille l'enlaça timidement. On sentait qu'elle la connaissait à peine et qu'elle se sentait gênée.

Pendant quelques jours, Irakli resta contrarié. Il voyait que Nona lui faisait de l'ombre. Lela l'entourait de soins, la protégeait... Dans la chambre des filles, Lela délogea Gilda, la petite Yézidie, pour donner à Nona la meilleure place, près de la fenêtre. La fillette apporta dans la chambre sa petite valise, suscitant l'intérêt général. Quand elle l'ouvrit, elle montra ses affaires aux enfants. Personne n'osa lui dérober quoi que ce soit, car Lela était là et ouvrait l'œil. La nouvelle venue produisit la plus grande impression sur Stella, car elle lui offrit une jupe. Désormais, Stella, par-dessus son collant, enfilerait une jupe courte en maille, rose, à volants.

L'après-midi, les enfants prenaient leur repas. Les jours où Dali n'était pas là, Vano assurait la surveillance. En général, tout se passait bien. Vano s'occupait en bricolant et laissait les enfants jouer dehors.

Le temps était ensoleillé, mais venteux. Une partie de foot commença entre les enfants de l'internat, qui furent bientôt rejoints par ceux de l'immeuble d'à côté. Le jeu devint plus animé et plus excitant. Irakli faisait partie de l'équipe et courait avec enthousiasme derrière le ballon. Kolia, d'habitude taciturne, devenait tout autre. Il commençait à parler dans une langue incompréhensible ; il criait et agitait les mains. Si l'équipe de l'internat marquait un but contre les enfants « normaux », Kolia, ivre de joie, se jetait par terre et se mettait à hurler.

Le match se termina par la victoire des « normaux ». Les enfants se dispersèrent. Lela, qui surveillait le match et assurait le rôle d'arbitre, remarqua que Nona n'était pas là. Elle saisit la main d'Irakli tout en sueur.

– Irakli, tu n'as pas vu Nona ?

– Non, répondit Irakli, et il courut vers la « fontaine ».

– C'est Vano qui l'a appelée, dit l'un des joueurs, avant de s'éloigner.

Lela se hâta vers le bâtiment ; elle vit Vano en sortir, suivi de Nona. Le professeur avait entre les mains un registre de classe et un manuel. Nona, elle aussi, tenait un livre qu'elle serrait contre sa poitrine.

– Tu peux le garder. Va jouer maintenant, dit Vano, et il descendit l'escalier.

Nona resta immobile, perdue. Elle ne savait pas où aller.

Lela observa attentivement la fillette. Elle remarqua son visage défait. Les larmes avaient laissé deux traces sales sur ses joues. Lela s'arrêta. Elle étouffait de rage, elle avait la gorge en feu et son cœur battait la chamade. Elle suivit des yeux Vano, qui s'éloignait à grands pas vers le fond de la cour.

Lela resta clouée sur place. Nona était toujours là, en haut de l'escalier, son livre serré contre la poitrine. Elle portait la même robe rouge que le jour de son arrivée. Mais maintenant elle était un peu froissée et sale. La tresse de ses cheveux châtains qu'elle portait sur le côté était défaite et ses cheveux emmêlés.

La voix de Vaska retentit dans le dos de Lela :

– Voilà… Elle est là, dit-il en désignant Nona du doigt.

Nona descendit l'escalier avec précaution et se dirigea vers Lela qui l'observait, cherchant à comprendre, à deviner ce qui s'était passé. La fillette était toujours la même, mais un peu abîmée. Vaska, fatigué après le match, s'assit sur le trottoir, essuya son visage en sueur avec son t-shirt et, sourire aux lèvres, demanda à Nona :

– Alors, tu es passée à la casserole ?

Nona poursuivit son chemin sans comprendre.

Soudain, Lela s'élança sur Vaska et lui asséna un violent coup de pied au visage. Vaska, surpris, tomba sur le dos. Lela le roua de coups de pied. Le garçon n'arrivait pas à se défendre. Les enfants accoururent vers eux de tous côtés. Quelqu'un cria d'une voix désespérée :

– On bat Vaska ! On bat Vaska !

Il n'y avait aucun adulte. Seuls les enfants cherchaient à calmer les combattants. Kolia, lui aussi, accourut, avec sa drôle d'allure et son air effrayé. Vaska put se mettre à quatre pattes, puis il se redressa.

– Fils de pute, qu'est-ce que tu as dit ? Vas-y, répète !

Lela empoigna le col ensanglanté du t-shirt de Vaska. Le garçon saignait du nez.

– Rien… qu'est-ce que tu veux ?

– Qu'est-ce que je veux ? Va te faire foutre, enculé ! Répète tout de suite ce que tu as dit !

Vaska essaya de s'éloigner de Lela.

Les questions pleuvaient de tous côtés :

– Quoi ? Qu'est-ce qu'il a dit ?

Lela se rua de nouveau sur Vaska. Celui-ci, croyant qu'il ne craignait plus rien, essuyait son nez et son visage en sang avec le t-shirt qu'il avait enlevé. Des enfants essayèrent d'arrêter Lela. Soudain, celle-ci sentit qu'on lui saisissait violemment le bras : elle tourna la tête et vit Irakli. Elle le dépassait d'une tête.

– Arrête enfin ! Ça suffit ! lui cria le garçon épouvanté.

Surprise, elle regarda Irakli, sans même savoir ce qui la surprenait. Elle s'arrêta et reprit haleine. Vaska, accompagné de quelques enfants, alla vers la fontaine pour laver son visage en sang. Lela et Irakli restèrent seuls.

Une semaine plus tard, une parente de Nona vint la chercher. C'était une campagnarde de petite taille, encore jeune mais ridée. Son visage tanné par le soleil était marqué par la fatigue et la misère. Bien que Nona ne la connût pas, elle la suivit docilement. La femme présenta des documents à Tsitso, signa des papiers et quitta l'internat avec Nona qui, vêtue de sa robe souillée, traînait sa valise.

Lela leur ouvrit la porte. Stella, assise sur la planche fixée entre les sapins, pleurait.

4

La nuit, Lela rêve que ce n'est pas Irakli mais Sergo qu'elle accompagne vers l'immeuble voisin pour passer un coup de fil. Sergo porte sous le bras la robe rose de Tsitso. Ils montent l'escalier. Lela, étonnée, dit à Sergo : « Mais qui veux-tu appeler ? Tu n'as ni mère ni proche ! » Sergo ne dit rien. Il s'arrête devant une porte et sonne. Mzia est chez elle. Radieuse, elle ouvre vivement la porte et invite les enfants à entrer. Le fait que Lela soit accompagnée de Sergo cette fois-ci ne l'étonne nullement. Elle laisse les enfants seuls et regagne la cuisine. Sergo prend le combiné et compose un numéro. Mais ce numéro ne comporte pas six chiffres comme ceux de Tbilissi. Sergo en compose sept, huit, et plus encore... Il tourne le disque patiemment. Le numéro est interminable. Lela, stupéfaite, lui demande où il appelle, mais Sergo, sans répondre, continue obstinément à faire tourner le cadran. La fille de Mzia est couchée dans l'entrée, à même le sol, comme si elle reposait sur son lit. Elle a l'air souffrante, mais personne ne lui prête attention. Abandonnée dans un coin comme une serpillière, la malade soupire doucement et lance un regard plein de reproche sur les invités. Lela remarque que son grain de beauté poilu a grossi et couvre la moitié de son visage pâle. L'inspecteur Phirouz sort de la pièce à pas comptés, l'air pensif, suivi de Mzia. Phirouz semble ne pas remarquer les enfants ni la fille de Mzia. Le visage fatigué et triste, il se dirige vers l'entrée. Mzia lui ouvre la porte. Il s'arrête avant de sortir et fixe la femme, comme s'il voulait lui parler… Puis il hausse les épaules.

– Chez nous, ça n'arrive jamais… Ils sont complètement fous…

Il sort et Mzia referme la porte. Lela remarque alors que la femme a l'arrière de la tête ouvert en deux et que le sang coule… La jeune fille a peur, mais elle ne se réveille pas.

Elle est de nouveau dans la rue avec Sergo. Ils se dépêchent. Irakli est avec eux. Ils pressent encore le pas et s'approchent de l'entrée de l'internat. Les habitants du quartier et les enfants de l'internat sont attroupés. Un bus est arrêté au bord du trottoir. C'est un enterrement. La foule attend. Vano et Tsitso franchissent le portail. Tsitso a pris le bras de Vano. Elle a l'air épuisé, sans aucune force, comme si elle était souffrante. Elle traîne à grand-peine ses grosses jambes molles et s'appuie sur Vano. Celui-ci marche lentement, à petits pas, pour s'adapter au rythme de la femme. De temps en temps, la chaude brise d'été disperse aux alentours les gémissements de la malade. Tout le monde en est peiné et se tait. Plus aucun doute : ce sont les funérailles de Tsitso. Elle doit monter dans le bus et prendre le chemin du cimetière d'Avtchala. Elle porte la robe rose qu'elle avait confiée à Sergo. Le pan droit de la robe est souillé de sang. En revanche, Zaïra, à côté d'Avto, le professeur de gymnastique, est en pleine forme et de bonne humeur. Levan se rapproche de Lela pour lui dire : « Regarde comment elle marche, Tsitso… On dirait qu'elle s'est fait baiser. » Levan rit très fort. « Crétin », lui dit Irakli. Vano et Tsitso avancent vers le bus à une allure de corbillard. Quand Tsitso passe devant elle, Zaïra la regarde et, pour lui remonter le moral, lui dit d'un ton guilleret : « Pourquoi m'as-tu dit que cette robe ne t'allait pas ? » Tsitso, sans répondre, monte à contrecœur dans le bus.

Celui-ci démarre. Personne ne le suit. À l'arrière du bus, près de la fenêtre, Lela aperçoit Aksana qui lui sourit. Au même instant, quelqu'un touche Lela. Elle se retourne et voit Tsitso. Surprise, elle veut lui dire : « Mais tu viens de prendre le bus pour aller au cimetière ! » mais elle n'arrive pas à assembler les mots et la phrase lui reste dans la gorge. Elle a l'impression d'étouffer. Tsitso lui serre le bras de toutes ses forces et dit : « Nous sommes dans un beau pétrin. Il est possible qu'on envoie une commission pour nous inspecter. » Tsitso serre le bras de Lela et ne le lâche pas. « Lâche-moi ! » veut dire la jeune fille, mais au lieu de mots des sons rauques sortent de sa gorge.

Elle est réveillée par le son de sa voix. Trempée de sueur, elle se lève, cherche l'ampoule suspendue au plafond bas et la tourne, provoquant le grincement strident du culot. Une faible lumière jaune éclaire la loge.

Elle reste assise un moment sur le lit, vêtue simplement d'une culotte et d'un t-shirt. Elle passe ses doigts dans ses cheveux courts et respire profondément. Son cauchemar repasse devant ses yeux en une seconde. Encore effrayée, elle met son pantalon, cherche du pied ses Keds jetées en bas du lit, les enfile à la diable, le contrefort plié, et sort.

Elle s'assied sur la planche servant de banc et allume une cigarette. Se réveillant petit à petit, elle essaie de comprendre pourquoi elle a fait un rêve si absurde. Elle examine la planche fixée entre les deux sapins. On a fait de grosses entailles à la scie dans les deux troncs pour y emboîter les extrémités de la planche. Et cela a donné le banc, qui a servi à plusieurs générations de résidents de l'internat. Les sapins sont toujours en vie, ils grandissent, cherchent à maintenir debout leur corps mutilé et à fournir à leurs branches les nutriments puisés de la terre. On a l'impression que cette planche soudée à leurs troncs les aide à se maintenir en équilibre, que grâce à elle ils sont à jamais liés entre eux, l'un devenant captif de l'autre et des hommes, et qu'ils n'ont désormais d'autre choix que vivre avec cet intrus, incrusté dans leur corps.

Lela se lève et fait les cent pas devant le banc. La lune glisse à travers les nuages, s'arrête au-dessus de la cour et éclaire les environs comme en plein jour. Le bâtiment de l'internat reste plongé dans les ténèbres, silencieux. Quelques voitures sont garées sur le parking, dont une vieille Jigouli[1] blanche. Elle traîne ici depuis longtemps : personne ne vient la sortir. Visiblement, elle n'a pas de propriétaire. Sa carrosserie est

1. Lada 2101, également connue sous le nom de « Jigouli », fabriquée par le constructeur soviétique AvtoVAZ à partir de 1970.

mouchetée par la fiente des oiseaux, ses pneus sont dégonflés. Pendant un moment, la jeune fille scrute la Jigouli, puis son regard est attiré par l'éclat des phares d'une voiture qui descend la rue à fond de train. Elle tourne la tête dans cette direction, mais la lumière s'éloigne vite. Lela pense à Sergo. Soudain, elle entend le léger bruit des pas d'un chien. On dirait ceux d'un homme solitaire qui rentre tard.

Lela jette le mégot et retourne chez elle. Elle prend son t-shirt accroché à un clou pour tourner avec précaution l'ampoule brûlante, autour de laquelle tournoient quelques moucherons. L'obscurité l'aveugle instantanément. Elle se couche et les objets autour d'elle reprennent leurs contours : la porte, la fenêtre, la table, une branche de sapin à travers la fenêtre, bercée par le vent, l'ombre de cette branche, elle aussi se balançant au même rythme… Elle s'endort vite.

Le matin, les pleurs sonores d'un enfant la réveillent. Au début, elle ne comprend pas où ça se passe, où elle est ni quel malheur lui est tombé sur la tête. Elle se lève précipitamment et s'habille. En tendant l'oreille, elle comprend que ce n'est pas un enfant de l'internat qui pleure. Elle sort de sa loge. Le soleil est déjà haut dans le ciel. La pluie fine de la nuit a rafraîchi l'air matinal qui picote agréablement la peau. Les enfants sont attroupés devant le portail et regardent d'où viennent les pleurs. Lela se précipite vers eux, les écarte et voit une jeune femme debout devant l'entrée. Elle tient par la main son gamin de cinq ans qui sanglote de plus belle.

– Tu veux que je te laisse là ? C'est ce que tu veux ? dit la femme, et elle secoue violemment la petite main agrippée à la sienne, comme pour s'en libérer.

Le garçonnet fait quelques pas à droite puis à gauche pour suivre ce mouvement.

– Non…

L'enfant pleure et cherche à se réfugier dans les jupes de sa mère. Il a de grands yeux noirs et des cheveux en brosse coupés court. La mère et le fils habitent l'immeuble voisin et ce n'est pas la première fois qu'elle offre un tel spectacle aux résidents de l'internat.

– Eux non plus n'obéissaient pas à leurs mères et c'est pour ça qu'ils sont ici, dit la femme, et elle montre du doigt le portail derrière lequel les enfants de l'internat, les yeux écarquillés, les observent.

– Est-ce que tu vas encore te conduire comme ça ?

– Non.

L'enfant continue de pleurer.

– N'aie pas peur, petit ! On va pas te manger ! crie Levan.

Éclat de rire des enfants. À côté de Levan, Vaska ne peut s'empêcher de rire. Sur son visage couvert de bleus, son œil au beurre noir, tout gonflé, n'est ouvert qu'à moitié.

À ces mots, le petit garçon essuie ses larmes et fixe les enfants d'un air craintif, étonné de découvrir que ces êtres, derrière la clôture, ont eux aussi un langage humain. Sa main reste accrochée à celle de sa mère.

– Dis-moi, à la fin, est-ce que je te laisse ici ou est-ce qu'on rentre chez nous ? lui redemande la mère.

– Dites-moi où est votre professeur ? crie-t-elle aux enfants. Je voudrais laisser cet enfant ici ! ajoute-t-elle en lançant des regards à la ronde, comme une mauvaise comédienne.

Le garçonnet, de nouveau effrayé, recommence à pleurer et vient se coller aux jambes épaisses et robustes de sa mère. Les enfants éclatent de rire, la femme aussi. D'une voix caressante, elle dit à son fils :

– Bon, bon... ça suffit ! Je te pardonne cette fois-ci. Je ne vais pas te laisser là, mais à condition que tu m'écoutes !

– Oui, je vais t'écouter, répond l'enfant en sanglotant.

La femme tourne le dos aux enfants de l'internat et, sans les saluer, quitte les participants involontaires, bien qu'importants, de sa mise en scène. Tenant son fils par la main, elle se dirige vers sa maison à grands pas énergiques. L'enfant court presque pour rester à la hauteur de sa mère. Une fois le danger éliminé, il n'ose plus tourner la tête pour regarder en arrière.

Les enfants assemblés devant le portail s'égaillent. Certains se précipitent vers le réfectoire où, le samedi suivant, aura lieu le repas de noces de Goderdzi. Sa mère, Venera, a choisi pour ce jour mémorable cette vaste salle rectangulaire. Les habitants du quartier utilisent souvent le réfectoire pour des banquets de noces ou de funérailles. Qui possède un tel espace chez lui, une pièce de réception pouvant accueillir cinq cents personnes ? Sans parler des grands fourneaux, des casseroles, des divers ustensiles et des autres facilités fournies par le réfectoire, qui permettent de nourrir un régiment entier.

Tous les enfants de l'internat sont invités au mariage. Ils semblent heureux d'être ensemble. Dans un cas comme celui-ci, les pensionnaires de l'internat expérimentent une sensation étrange, inédite, inhabituelle : ils deviennent les hôtes. Ce sont eux qui reçoivent ; c'est chez eux que viennent tellement d'invités ; chez eux que la table est dressée et qu'autour d'elle de nombreux inconnus bien habillés viennent s'asseoir.

Les femmes de l'immeuble d'à côté s'affairent déjà dans le réfectoire. Même si les voisins ne vivent pas toujours en parfaite harmonie, la coutume est celle-ci : en cas de décès, les voisins préparent le banquet funéraire et, en cas de mariage, ils s'occupent de la réception. C'est une coutume, un usage, la règle d'un groupe, qui est sans doute vouée à se perdre et à disparaître un jour.

Les femmes s'activent à préparer les mets qu'on sert froids. Le lendemain, il ne restera qu'à les assaisonner et à les servir. Les plats chauds seront faits le jour même. Il y a d'incessants allers-retours entre l'immeuble et l'internat. Dans ces occasions, les voisins délaissent la route et l'entrée principale au profit d'un raccourci entre les deux cours. Avto a élargi le trou dans le grillage. Les femmes chargées de nourriture peuvent maintenant passer d'une cour à l'autre sans s'accrocher au fil de fer. Avant d'arriver au réfectoire, il faut traverser le stade puis prendre le sentier en terre battue longeant le verger de poires, qui aboutit juste en face du perron. Les enfants de l'internat se groupent à l'entrée du réfectoire, pour aider les voisines à une chose ou une autre. Ils attendent avec impatience qu'on fasse appel à eux et se disputent les tâches.

Debout sur une chaise, Lela aide les femmes à prendre les marmites rangées sur les étagères. Dans le réfectoire, il ne reste que des casseroles et des ustensiles inadaptés à l'usage domestique. Tout ce qui peut être utilisé à la maison – casseroles petites et moyennes, louches, bols en aluminium –, tout a été chapardé par les employés de l'internat.

Koba et les autres jeunes hommes apportent des caisses depuis l'immeuble voisin. Elles contiennent sûrement de la vaisselle, louée à un restaurant. Irakli les guide et leur fraie un chemin. Les hommes posent leur fardeau sur le sol et sortent dans la cour pour aller chercher le reste.

– Lela, viens une seconde ! dit Irakli.

Lela descend de la chaise, secoue ses mains poussiéreuses et le suit. Le garçon parcourt rapidement le sentier qui longe le verger de poires.

– Attends-moi ! crie Lela.

Irakli lui montre Mzia qui marche devant eux.

– Dépêche-toi ! Mzia rentre chez elle pour chercher quelque chose. Elle pourrait peut-être nous laisser téléphoner, dit Irakli sans ralentir.

– Ça ne va pas, non ? proteste Lela. Elle est partie pour la Grèce ! Comment veux-tu appeler là-bas ? N'importe quoi !

– Je demanderai son numéro à Ivlita. Si elle le connaît, j'appellerai. Si elle ne le connaît pas, je ne pourrai pas l'appeler.

Irakli se glisse par la fente du grillage et se retrouve dans la cour de l'immeuble voisin. Il s'arrête et jette un regard en arrière, vers Lela, restée dans la cour de l'internat et qui le fixe d'un air ébahi.

– Va alors, appelle-la. Ça ne me regarde pas, dit-elle.

Elle lui tourne le dos et revient sur ses pas.

– Lela ! Lela ! la supplie Irakli. Je t'en prie ! Juste cette fois-ci ! C'est la dernière fois, je te jure !

En regardant Irakli avec ses grandes oreilles, qui l'implore les mains jointes, Lela sourit.

– Alors, tu t'entêtes !

Et, sans se presser, elle passe à travers le trou du grillage. Mzia les fait entrer dans son appartement, sort un tabouret de la petite chambre, referme la porte soigneusement et disparaît dans la cuisine.

Irakli appelle Ivlita et lui demande le numéro de sa mère en Grèce. À l'autre bout du fil, Ivlita s'absente un moment. Pendant ce temps, Lela frappe à la porte de la cuisine et demande à Mzia du papier et un stylo.

Irakli dit au revoir à Ivlita. Il raccroche le combiné et regarde le bout de papier sur lequel il vient de noter le numéro de sa mère, qu'Ivlita lui a dicté. Son cœur s'emballe et il a les mains moites.

– Allez, dicte-le-moi ! dit-il d'un air résolu.

Quelqu'un décroche le téléphone et une voix de femme, que Lela connaît bien, répond.

– Maman, c'est moi… dit Irakli faiblement.

Silence.

– Ah, Irakli ! dit la femme.

Son étonnement est perceptible malgré sa voix enjouée.

– Comment vas-tu ? Je n'ai pas pu venir… Je suis débordée… C'était l'enfer. J'avais trop de choses à faire… En plus, je n'avais pas d'argent. Maintenant, je commence à travailler ici. J'aurai suffisamment d'argent… pour venir te voir… et pour tout. Je vais t'envoyer des cadeaux.

– C'est quand que tu vas revenir ?

– Je dois d'abord travailler un moment. Ensuite, je vais mettre un peu d'argent de côté. Et puis je viendrai te voir… très bientôt…

Nouveau silence.

– Irakli, mon cœur, tu sais bien combien ta maman t'aime ! Ne te fâche pas… C'est mieux pour nous…

En entendant cette douce voix maternelle, les yeux du garçon s'embuent. Confus, il les frotte vigoureusement pour sécher ses larmes et les faire disparaître. Son visage rougit, grimace. Mais il reste muet, assis sur le tabouret. Lela lui arrache le combiné et crie à tue-tête :

– Ah, alors c'est mieux pour vous, non ? Sale pute ! T'as laissé ton enfant ici et toi, tu traînes à droite à gauche. Est-ce que tu mérites d'être mère ? Ordure ! Pourquoi tu lui promets de venir ? Réponds ! Au moins ne lui promets rien. Va te faire foutre !

Irakli cesse de lutter contre ses larmes et la regarde, les yeux ronds. Lela a pris sa place. Elle est assise exactement comme lui : le torse penché en avant, le combiné dans une main et l'autre main appuyée sur son genou.

– Allô ! Allô ! Qui êtes-vous ? demande la voix féminine.

– Putain de merde ! T'en as rien à foutre ! Écoute-moi, fais ce que je te dis ! Ne mens pas à cet enfant sinon je viendrai en Grèce et je te péterai la gueule !

Lela raccroche brusquement.

– Lève-toi vite, on se casse d'ici ! dit-elle comme si la femme insultée pouvait les poursuivre.

Ils se dirigent vers la porte.

– Merci ! lance Lela d'une voix revêche et elle quitte rapidement l'appartement.

Ils marchent sans mot dire. Irakli pleure.

– Pourquoi tu pleures, t'es pas un homme ? dit Lela, et elle presse le pas. Tu ne vois pas qu'elle est gênée devant toi et n'arrive pas à te dire non ? Je te dis qu'elle ne viendra plus ici, mais tu ne me crois pas ! Elle t'a élevé. Maintenant, tu sais marcher, manger et parler. As-tu encore besoin de ta maman ? On dirait un bébé !

Irakli ne répond rien. Il suit Lela, les épaules levées. De temps en temps, il tire la manche de son t-shirt pour s'y moucher ou essuyer ses larmes.

Très vite, un événement leur fait oublier la Grèce. Dans la cour de l'internat, une femme inconnue photographie les enfants avec un appareil de couleur argentée, en présence de Dali et Tsitso. Pendant la séance photo, Dali fait des remarques aux enfants : « Redresse-toi »... « Tiens-toi correctement »... « Souris »... Lela observe que l'inconnue, qui s'appelle Madonna, ne photographie que quelques pensionnaires, soigneusement lavés et endimanchés par Dali. Ce sont des enfants de six ans : deux garçons, Paco et Lasha, et une fille, Gilda. Paco porte une chemise bleu foncé, que Dali a boutonnée jusqu'au cou. Comme arrière-plan, Madonna a choisi un mur et les enfants posent devant un par un.

Madonna est une femme d'âge mûr, aux cheveux teints en blond et à la croupe étonnamment large qu'elle traîne comme un corps étranger. Paco est planté devant le mur. Ses cheveux bien coiffés portent les traces du peigne mouillé qui les a séparés en une raie bien droite. « Redresse-toi », dit Dali, et le garçon devient raide comme un piquet. Lasha, qui a de larges yeux tristes et de grandes oreilles, vient le rejoindre. Dali, visiblement mécontente de son apparence, s'approche de lui pour lui arranger les cheveux et la chemise.

– Souris un peu ! On dirait une porte de prison ! lui dit-elle.

Pour attirer l'attention de l'enfant, Madonna pointe un doigt vers le ciel. Lasha tourne vers elle un regard éperdu.

– Je te dis de sourire ! Allez, déplisse ton front ! le sermonne Dali.

Le garçon découvre ses dents dans une ébauche de sourire. Mais ses sourcils plongent vers ses tempes, ce qui lui donne un air encore plus chagrin et malheureux. En le voyant, les enfants éclatent de rire.

– Mince ! Regardez-moi cette bouille ! Qui en voudrait ? s'esclaffe Levan, la repartie facile et toujours goguenard.

– Ah, nous avions une si charmante fillette… intervient soudain Tsitso. Elle s'appelait Nona. Un membre de sa famille l'a emmenée, sinon… Aucun de ces enfants n'arrive à sa cheville. S'ils voyaient sa photo, ils la choisiraient immédiatement. Ah oui, c'était une enfant si belle et si sage…

– Ah, Nona ! regrette Dali, appuyée à la rampe de l'escalier. Ça oui ! Nous n'avons jamais eu personne comme elle !

C'est maintenant à Gilda de poser. Tsitso, manifestement, n'est pas très favorable à sa participation. Gilda a sept ans, elle louche d'un œil et, de surcroît, est d'origine yézidie, ce qui, selon la directrice, ne correspond pas à une candidate venant de Géorgie. La fillette a les cheveux noirs, lisses et brillants, et les lèvres rouges comme des fraises. Dali lui a mis une robe sans manches de couleur vive qui fait paraître son petit corps menu encore plus maigre.

Madonna fait une pause, s'assied sur le banc et fume une cigarette. Tout l'internat est présent et ne quitte pas des yeux les trois élus. Stella, l'air triste, est assise et contemple la robe de Gilda.

Madonna raconte son histoire à Tsitso. Elle vit en Amérique depuis plusieurs années. Elle s'est d'abord occupée d'une vieille dame capricieuse et hargneuse, jusqu'à sa mort. La fille de cette femme et son mari ont apprécié son zèle et sa loyauté. Ils se sont alors intéressés à la Géorgie et se sont pris d'affection pour ce curieux pays lointain. Ayant perdu un enfant handicapé, le couple s'est tourné vers Madonna pour qu'elle les aide à adopter un enfant, lui aussi handicapé, venant de Géorgie. Madonna est donc partie pour Tbilissi où elle a visité tous les internats pour enfants handicapés en photographiant les pensionnaires de six ou sept ans. Beaucoup ici ont cet âge, mais Tsitso n'en a choisi que trois. Comme elle l'a dit à Madonna, elle a voulu présenter ceux qui sont « un peu plus plaisants » et qui ont été complètement abandonnés par leur famille ou leurs proches, et entièrement confiés à l'institution et au ministère.

– Après, tu me donneras leur nom, leur prénom et un résumé de leur histoire, dit Madonna.

– Ah, il faut aussi ça ? s'étonne Tsitso.

– Bien évidemment ! Comment accueillir quelqu'un dans une famille sans rien connaître de son histoire ?

Lela s'approche des femmes.

– Vous ne photographiez pas les autres ?

Tsitso la regarde, mais avant même qu'elle ait répondu, Levan avance la tête et dit en riant :

– Non. Ils préfèrent les petits. Personne ne veut de grands idiots comme nous.

– Ah, si seulement tu étais aussi doué pour autre chose que pour la parlotte !

Tsitso regarde Levan avec tristesse, comme s'il était clair que rien ni personne ne pouvait plus le sauver de la misère du monde.

Madonna veut photographier les enfants en train de jouer. Cette idée crée un grand remue-ménage. Paco veut jouer au foot, mais le ballon est dégonflé et en plus cette proposition ne plaît ni à Tsitso ni à Madonna. Gilda apporte une corde à sauter. Paco et Lasha restent cloués sur place, tout propres et bien coiffés. On dirait qu'ils n'ont plus la même liberté de mouvement que leurs camarades malpropres et sauvages.

– D'accord... dit enfin Madonna. Comme si vous jouiez à la marelle ou à autre chose... Faites semblant de jouer.

Tsitso sent qu'on lui touche le coude. Elle se retourne, c'est Lela.

– Maîtresse, j'ai quelque chose à vous dire !

– Maintenant ?

Tsitso la regarde d'un air étonné.

– Je voudrais vous dire quelque chose... répète Lela.

Tsitso lui jette un regard soupçonneux, s'excuse auprès de Madonna et suit Lela vers les sapins. La mort de Sergo lui a donné un petit coup de vieux ; elle est devenue craintive. Avec la jeune fille, elle se tient sur ses gardes.

– Je t'écoute, dit-elle en se réfugiant à l'ombre des arbres.

– Maîtresse... Dites à cette Madonna qu'elle photographie aussi les autres enfants... les autres petits...

Tsitso se sent soulagée. Rassurée et ayant retrouvé sa gaieté, elle fait un pas vers la jeune fille et baisse la voix :

– Dis-moi… Qui veux-tu qu'on photographie ? Tu sais que je fais grand cas de ton avis…

– Je n'en sais rien… Tous… Au moins les petits. Mais que cette Madonna ne prenne pas ces photos pour rien. Qu'elle les montre vraiment aux Américains… On ne sait jamais… Peut-être que Stella leur plaira, ou quelqu'un d'autre, Levan par exemple…

– Ah, non ! Même si Levan leur plaisait, nous ne pourrions pas donner notre accord. Il a une mère et elle ne nous a pas donné d'autorisation pour une adoption… Mais si tu veux, on peut photographier les autres, Stella aussi… Attends un peu ! dit Tsitso.

Suivie de la jeune fille, elle se dirige d'un pas résolu vers Madonna.

– Je n'ai pas fait photographier les autres pour ne pas leur donner de faux espoirs. Les Américains cherchent un enfant âgé de moins de six ans. Tu sais très bien que là-bas personne n'adoptera Stella… Mais si tu veux, on peut quand même prendre des photos et les envoyer…

Maintenant toute proche de Madonna et des enfants, Tsitso baisse la voix :

– C'est une question de papiers… Si au moins l'un des parents continue à rendre visite à son enfant, cet enfant reste chez nous. Je ne veux pas aller en prison ! Quant aux enfants abandonnés, c'est d'accord ! On prend des photos et on les envoie…

Comme promis, Tsitso propose à Madonna de photographier quelques autres enfants. Considérant qu'elle n'a rien à perdre, la femme accepte immédiatement.

Les autres enfants, bien qu'ils ne soient ni lavés ni bien habillés comme Paco, Gilda et Lasha, posent de bon gré devant le mur, et obéissent aux indications de Dali et de Madonna. On photographie tous les enfants de moins de dix ans qui sont orphelins ou ont été définitivement abandonnés par leurs parents. Stella, devant la fontaine, arrange ses cheveux en bataille de sa main mouillée, puis elle court se poster devant le mur et, sourire aux lèvres, pose pour la photo.

– Où est Irakli ? demande Tsitso en promenant son regard sur les pensionnaires sans le trouver.

Lela n'en croit pas ses oreilles. Tsitso se serait-elle trompée ? Impossible. Donc le sort d'Irakli est réglé et sa mère, partie pour la Grèce, a définitivement renoncé à son fils. La jeune fille en est paralysée, elle se sent vidée de tout et abusée… Puis elle reprend ses esprits et se dirige lentement vers l'internat, pensive et irritée. Elle veut trouver Irakli et lui dire la vérité. Elle regrette de ne pas être allée plus loin quand elle a injurié sa mère la dernière fois. Elle a hâte de croiser le garçon pour lui lancer en pleine figure : « Ta putain de mère t'a abandonné ! Et tu n'es même pas au courant ! »

Elle explore d'abord les toilettes du rez-de-chaussée puis monte à l'étage et découvre Irakli dans une chambre, allongé sur un lit. Il ne pleure pas. Couché sur le dos, il se couvre le visage d'un bras. En le voyant ainsi, Lela change d'avis et décide de ne rien lui dire sur sa mère.

– Viens, Irakli ! Tsitso t'appelle. On veut te prendre en photo. La chance te sourira peut-être. Qui sait ?

– Je ne veux pas, dit Irakli, sans la regarder.

– Qu'est-ce qui t'arrive ?

– J'ai mal à la tête, dit-il en se blottissant contre le mur.

Lela saisit brusquement le bras d'Irakli, l'écarte de son visage et chatouille le garçon.

– Bon… arrête ! Viens, ça va t'amuser. T'inquiète ! Personne ne t'emmènera en Amérique. Ils ne veulent que des petits. Personne n'a besoin de grandes bourriques comme toi. Allez, bouge tes fesses !

Irakli ne dit pas un mot.

– Tu boudes parce que j'ai injurié ta mère ?

Il ferme les yeux et se recroqueville encore plus contre le mur.

– Tu as peur qu'elle se fâche et ne revienne plus, c'est ça ?

Lela réfléchit.

– N'aie pas peur… On va l'appeler et tu lui diras : « C'est une toquée qui t'a parlé. Elle m'a accompagné… Quelque chose ne tourne pas rond dans sa tête. Elle insulte tout le monde comme ça. »

Il se met à pleurer.

– Ika, appelons-la encore une fois et dis-lui : « C'était une folle… Quand elle a vu que j'allais téléphoner, elle a voulu m'accompagner. Elle n'est plus là, on l'a virée de l'internat… »

Si tu veux, tu peux lui dire que je suis morte, qu'une voiture m'a écrasée !

Lela cherche à le faire bouger.

– Ça suffit ! Sois un homme ! Elle méritait ces injures pour ses mensonges ! Arrête maintenant !

Lela saisit Irakli par le bras et le tire du lit.

– Bon, je viendrai avec toi demain, se fâche-t-elle.

Puis elle saisit le garçon par les épaules et le secoue.

– Si tu veux, on y va tout de suite et on l'appelle… Mais tu dois lui dire que je suis folle. Moi, je ne m'excuserai jamais devant elle. T'as pigé ? Si elle ne te croit pas, alors qu'elle aille se faire foutre, la salope !

Elle saisit le poignet d'Irakli et l'entraîne dans le couloir.

Ils sortent dans la cour. Elle l'emmène vers le mur, pousse les enfants placés en rang et met Irakli devant Madonna. Le visage en larmes du garçon fait rire les enfants.

– Qui va le prendre ? ricane Levan. Qui voudra l'avoir chez lui ? Alors, tu as des poux, Ika ?

Levan rit à gorge déployée, mais Lela lui donne une tape sur la nuque.

Le lendemain, on dresse la table pour la noce. Au réfectoire, les femmes, plus nombreuses que la veille, s'activent. Les enfants, eux, restent surtout à l'entrée et donnent de temps en temps un coup de main aux adultes pour transporter des choses ou servir d'agents de liaison entre le réfectoire et l'immeuble voisin.

Deux femmes choisissent un mur pour y accrocher une grande étoffe de velours rouge et Avto cloue le tissu. La femme aux cheveux bouclés, celle qui, des années auparavant, a offert un repas de Nouvel An aux enfants, monte sur un escabeau pour fixer un bouquet de roses blanches au velours rouge. Quelqu'un avance l'idée d'écrire « Manana et Goderdzi » avec les roses, Manana étant probablement le prénom de la mariée. Cette idée est vite rejetée car cela serait un sacré travail de former des lettres avec les roses. Finalement, on se contente de les utiliser en décoration.

Sous le mur ainsi embelli, on dresse la table pour les nouveaux mariés. On y place de la vaisselle soigneusement choisie : grandes et petites assiettes en porcelaine, ornées de fleurs bleues, et larges coupes de cristal à bords dorés. Dans la deuxième salle, plus petite, sorte d'extension du réfectoire, on dispose une grande table pour les enfants.

Une femme corpulente qui vient de la cuisine en se dandinant jette un coup d'œil sur la table des enfants.

– Est-ce qu'on leur sert tous les plats ? demande-t-elle.

Une femme d'un certain âge, maigre, cheveux courts et visage grêlé à l'expression sévère acquiesce. Principale représentante de la famille du marié, elle est chargée de surveiller les préparatifs.

– Même le vin ? demande la grosse cuisinière.

La femme réfléchit, puis elle regarde Avto qui répond rapidement :

– Un ou deux verres ne leur feront pas de mal. On peut leur en donner juste un petit peu, à la santé des mariés... Mais ici, il vaut mieux mettre de la limonade. Ils l'apprécieront plus que le vin.

Bientôt, des klaxons retentissent dans la rue. Lela accueille les voitures devant le portail ouvert, qu'elles franchissent, toujours en klaxonnant. Elle referme le portail et court derrière les voitures. Arrivés devant le réfectoire, les invités descendent des véhicules. Dali surveille les enfants réunis à l'entrée. Elle les chasse dans un coin pour que leur présence soit la plus discrète possible. Pour la cérémonie, Dali elle-même a revêtu un haut noir à pois verts, orné d'un ruban vert sur la poitrine. Sous l'effet de son intense émotion, ses cheveux rouges, légers comme de la barbe de maïs sèche, se dressent sur sa tête. La sueur a fait fondre les traits de crayon noir maladroitement tracés sous ses yeux, et ils maculent maintenant les plis de ses paupières inférieures.

Goderdzi sort de la voiture, propre, bien coiffé, la raie sur le côté, comme s'il s'était préparé pour une photo. Il bondit, fait le tour de la voiture, ouvre la portière à la mariée, et lui tend la main. Une femme d'une beauté éblouissante, de haute taille, vêtue d'une longue robe blanche, apparaît. Elle a des cheveux noirs bouclés et un large sourire qui fait penser à une hyène. C'est manifestement la première fois que les voisins la voient. Ils la regardent, les yeux écarquillés. L'allure lente et gracieuse de Manana les impressionne grandement. Les mouvements de la marche dessinent des formes à couper le souffle sous la robe nuptiale.

Lela surprend les propos qu'échangent deux femmes. Tina chuchote à l'oreille de Janetta, sa voisine de palier :

– Cette gonzesse doit être une sacrée baiseuse ! Sinon qui donnerait sa main à Goderdzi ?

– Comment tu le sais ? demanda Janetta en fixant la robe cintrée de la mariée.

Les longues extrémités d'un ruban de soie blanche retombent sur le derrière joliment galbé de la jeune femme.

– Je le sais, dit Tina.

Quelques jeunes filles se sont regroupées. Vêtues de robes pailletées et pareilles à des poules, elles se pavanent, cou en avant et croupe en arrière. Manana leur tourne le dos et lance son bouquet. Après beaucoup de brouhaha et de remue-ménage, le bouquet revient à une jeune fille rondelette. Les joues en feu à cause de la pagaille, encore en position de combat, elle halète farouchement, oubliant même de sourire. Les spectateurs applaudissent. Puis la noce entre dans le réfectoire décoré avec pompe. La table rectangulaire expose toute sa richesse. Les mille sortes de plats froids, disposés avec une précision géométrique, sont espacés les uns des autres : *pkhali*[1], tomates et concombres entiers surmontés de fines herbes, de poireaux et de radis. Avto fait signe au musicien planté devant le synthétiseur. C'est un homme maigre, aux longues moustaches touffues et au regard satisfait d'un homme accompli. Les sons nasillards du Yamaha font résonner la « Marche nuptiale » de Mendelssohn, qui se transforme bientôt en chanson d'amour du folklore de Touchétie[2].

Les enfants se mettent à table. Ils sont tous là, sauf Irakli, fiévreux, qui ne peut rien avaler. Dès qu'il met quelque chose dans sa bouche, il vomit.

Un beau vacarme règne dans le réfectoire. La voix forte du *tamada*[3] s'élève :

– Amis, je veux qu'on boive à la santé de nos jeunes mariés !

---

1. Plat végétarien géorgien, à base de légumes cuits et hachés, assaisonnés de noix et de vinaigre.
2. Région montagneuse du nord-est de la Géorgie.
3. Personne qui préside le banquet géorgien, coordonne les toasts, les allocutions, les chants et les danses.

Soudain pensif, il place instinctivement une petite main potelée sur sa poitrine, lève son verre de l'autre et s'adresse à la tablée d'une voix plus douce :

– Adam et Ève… Pourquoi Adam et Ève ont-ils été créés ?

Il promène son regard sur l'assistance qui, manifestement, n'a pas de réponse.

– Pour l'amour et la procréation ! continue-t-il. Nous sommes les descendants d'Adam et Ève et nous devons nous multiplier grâce à l'amour ! Vive l'union de Goderdzi et de Manana ! Mes chers, que votre alliance soit bénie ! Soyez toujours aussi heureux ensemble, jusqu'à ce que la mort vous sépare !

Le *tamada* est sans doute l'un des proches « présentables » de la famille du marié. Cet homme aux épaules larges, aux cheveux grisonnants et au ventre proéminent pareil à une hotte qu'il remplit de vin, verre après verre, est étonnamment sûr de lui et de ses propos. Visiblement, il se sent comme un poisson dans l'eau.

Les enfants mangent goulûment tout ce qui est sur la table et ce qui s'y ajoute peu à peu : *khatchapouris* chauds, poulet rôti, gésiers de volaille, *pkhali*, *bajé*, pain cuit au *thoné*[1]… Dali, silencieuse, assise parmi eux, a entamé de bon cœur un poisson et une galette de maïs. Elle les a pris dans sa main et ses lèvres sont luisantes de graisse. De temps en temps, quand elle fait des remarques aux enfants, elle écarquille les yeux et ouvre grand la bouche. Alors le morceau qu'elle a mâché à grand-peine avec ses dents restantes manque de tomber.

Lela remplit une assiette de la nourriture choisie par Dali, de la nourriture légère, non grasse, surtout des aliments bouillis. Irakli dort. La jeune fille le réveille, mais il n'a pas d'appétit. Elle tâte le front brûlant du garçon, arrange la couette, laisse l'assiette à son chevet et retourne dans le réfectoire.

Quelques jeunes gens dansent déjà. On sert des gâteaux et des fruits. Lela se dirige vers Tsitso qui, assise parmi des voisines, déguste une part de gâteau à la crème pâtissière, qu'une femme lui a apportée. La directrice commande à cette femme un café à la turque.

– Maîtresse, pouvez-vous sortir ? Juste une seconde… lui demande Lela.

1. Four à pain traditionnel en terre cuite, de forme circulaire.

Tsitso la regarde, étonnée et mécontente : Lela lui demande de quitter le banquet ! Au prix d'un effort, elle abandonne son gâteau et se fraie un passage parmi les invités. Lela la prend à part dans un coin, juste au moment où la musique commence, tonnant dans les enceintes.

– Je suis désolée… Je ne vous ai pas laissée manger votre gâteau… Dites-moi… Tout à l'heure, on a pris Irakli en photo… Et vous disiez qu'il fallait photographier seulement les enfants abandonnés… Bref, je voudrais vous interroger à propos de la mère d'Irakli…

Lela sent que le vin ambré l'a légèrement grisée.

– Mais tu pourrais me poser cette question demain ! lui répond Tsitso, sans cacher son irritation. Que veux-tu savoir ? Si Irakli a une mère ?

– Je sais qu'il a une mère. Il n'y a pas longtemps, je lui ai envoyé en pleine gueule une bordée d'injures… Elle est en Grèce.

– Oui, en Grèce. Elle vivait dans une extrême pauvreté. Maintenant, elle est là-bas et ne reviendra plus. En tout cas, elle a l'intention d'y rester longtemps. Entre-temps, Irakli aura eu dix-huit ans et il fera ce qu'il voudra…

Tsitso crie presque pour couvrir la musique. Puis elle coupe court et quitte la jeune fille.

– Bon, j'y retourne. Ne bois plus !

Elle revient sur ses pas.

– Ne répète à personne ce que je viens de dire. Ne dis rien à Irakli ni aux enfants. Tu sais bien que j'ai confiance en toi.

– Je sais.

Le banquet atteint son point culminant. L'un des cousins de Goderdzi, un policier en civil, emporté par la musique, saute d'abord sur une chaise puis sur la table, sort un pistolet de son étui et tire quelques coups en l'air.

La musique reprend de plus belle. Les enfants se mettent à chercher les douilles vides, tombées à terre.

Aidée de Lela, Dali fait sortir les enfants du réfectoire. Chacun tient dans sa main un morceau du gâteau appelé « Idéal ». Quelques femmes robustes aident Avto à mettre dans un coin les tables qui ont accueilli les enfants. La place libérée se transforme en une vaste piste de danse.

5

Vano n'est jamais absent. Même si tout le monde est malade, il lui suffit d'un seul élève en bonne santé pour faire son cours. Pendant toute la leçon, il fait les cent pas devant le tableau, les mains dans le dos et une badine bien lisse à la main. Il parle de David le Bâtisseur[1], de la reine Tamar[2], de Tamerlan et de Tsotné Dadiani[3]. Les enfants sont particulièrement impressionnés par l'histoire de Tsotné Dadiani qui évoque le miel, le soleil, la nudité et le sacrifice...

Quand Vano parle, il fixe le sol ou regarde dans le vide. Il n'arrête jamais son regard sur les élèves. Comparé au programme des écoles ordinaires, l'enseignement est moins exigeant à l'internat. Ici, les enfants ont des problèmes de

1. David IV le Bâtisseur (1072-1125) incarne l'apogée de la monarchie absolue géorgienne.
2. Reine géorgienne, dont le règne (1184-1213) marque la grande puissance de l'État géorgien.
3. Personnage historique, figure de la résistance contre la domination mongole en Géorgie, Tsotné Dadiani participe à la conspiration de 1245 contre l'envahisseur. Il échappe au sort de ses compagnons qui sont capturés et conduits à Ani, devant le *noïn*, commandant mongol. Tsotné Dadiani se rend dans cette cité, et en voyant les conjurés punis, dévêtus, garrottés et exposés à un soleil de plomb, il se fait lier les bras et s'assied parmi eux de son propre gré. Grâce à sa loyauté et à son courage, les captifs sont libérés.

concentration et même si le professeur est très sévère un foyer de bavardage ou de bagarre se forme toujours. Si les élèves font trop de bruit et que Vano n'arrive plus à marmonner son cours, il brandit sa badine. Avant, à l'époque de Marcel et d'Ira, Vano l'utilisait assez souvent. À présent, il est rare qu'il frappe un élève. On dirait qu'il a vieilli d'un coup et n'arrive plus à se servir de ses poings ni à faire peur aux élèves avec son bâton.

Il arpente la salle de classe et parle, même si personne ne l'écoute. La porte s'ouvre sur Lela.

– Levan, ta mère est là, dit-elle.

Levan, le garçon qui rit sans cesse en découvrant ses dents de devant, saines mais mal plantées, se lève, l'air confus, et se dirige vers la porte. Il essaie de marcher lentement, pour ne pas courir à la rencontre de sa mère comme un mioche.

– S'il te plaît, apporte ça à Gulnara, dit Vano à Lela en se dirigeant vers son bureau.

La jeune fille s'approche de lui. Les élèves n'attendaient que ça pour se lever et se ruer vers les fenêtres. Ils veulent voir la mère de Levan. Les uns vont aux toilettes, les autres suivent Levan pour être les témoins oculaires de sa rencontre avec sa mère.

Vano ouvre le tiroir. Lela observe la main de l'homme. Sa grande main sèche, couverte de poils grisonnants. Elle observe ses longs doigts avec lesquels il agrippe la poignée du tiroir pour l'ouvrir.

En un éclair, elle se revoit quelques années auparavant dans la salle d'histoire, culotte baissée, robe et pull remontés. De ses doigts secs, Vano touche le sexe lisse de la fillette, puis met ses doigts dans la fente, de plus en plus profondément, maladroitement, avec empressement, comme s'il essayait de sortir quelque chose de glissant et fuyant des entrailles de Lela... L'enfant ressent à la fois une brûlure et une souffrance. Elle grimace, mais ne pleure pas. Vano ouvre sa braguette et lui montre son membre.

– Touche-le, n'aie pas peur !

Lela regarde le sexe de Vano, dressé vers le plafond, qui se balance à droite et à gauche. Il lui fait penser à un animal dépouillé de sa peau. Vano tire l'enfant à lui.

– Après je vais t'emmener en ville… Je vais t'acheter une glace… Tu es une bonne fille… Tu vas voir, ça va te plaire…

Lela prend dans sa main le membre de Vano. Il est gros comme le manche à balai qu'on range dans le placard. Elle ne se souvient plus de tout… Elle se tient debout sur un tabouret, face au mur. Vano est derrière elle. La fillette a mal dans tout son corps. Sa gorge la brûle. Elle crie. Vano lui couvre la bouche de sa main moite. Il n'aime pas qu'elle pleure et il la gronde. Elle sèche ses larmes et cherche à lui obéir. Il la sermonne et lui ordonne de ne rien dire à personne. Puis il l'oblige à prendre de nouveau le manche à balai avec ses petites mains.

Vano sort du tiroir le registre de classe et le tend à Lela. Elle observe son visage de vieillard, ridé, ses yeux aux poches noirâtres derrière ses lunettes. Elle observe sa bouche avachie, aux coins tombants… Elle ne peut pas croire que ce vieil homme possède un manche à balai, celui qu'elle a manipulé plus d'une fois.

– Apporte ça à Gulnara ! lui redit Vano sur un ton affairé.

Puis il lui tourne le dos pour revenir au désordre de son tiroir.

Lela sort de la pièce. Les enfants courent dans le couloir, certains se dirigent vers leur classe. En traversant le corridor, Lela se rappelle le jour où, en prenant son bain, elle a vu du sang dégouliner sur ses cuisses. Elle a eu peur de mourir.

Au premier étage, Gulnara donne son cours de travaux manuels. Dans la classe, il y a Paco, Stella, Gilda et d'autres enfants de leur âge. Lela remet à Gulnara le registre de classe. La professeure a un livre ouvert devant elle : *L'Imagination et les mains habiles* de Néli Okropiridzé. Les pages ouvertes comportent des figures géométriques. L'une d'elles ressemble beaucoup au nez de Gulnara, pareil au bec d'un oiseau. On dirait qu'elle l'a prise du livre et qu'elle l'a collée sur son visage.

Une fois dans la cour, Lela a la nausée. Elle s'assied sur le banc entre les sapins et prend une cigarette. Les souvenirs l'assaillent.

Elle est devant l'entrée de la salle de sport. Vano surgit devant elle, la prend par la main et la traîne au fond de la salle vers les vestiaires. Quand elle était petite, cela arrivait souvent. Vano la coinçait dans le bâtiment de l'école, il la prenait par la main et l'emmenait quelque part. Lela se souvient encore que ça ne lui plaisait pas. Mais elle suivait Vano… Depuis, elle ne supporte plus qu'on la prenne par la main, que ce soit la petite Stella, Paco ou Nona…

Le vestiaire est humide. Vano enlève le pantalon de Lela, puis ses collants, son slip… Lela reste debout, pieds nus sur le carrelage froid… Vaska fait irruption dans le vestiaire et voit Lela, slip baissé, devant le fauteuil dans lequel Vano, pantalon baissé, est assis… Ce dernier ne voit pas l'intrus. Les yeux du garçon rencontrent le regard troublé de la fillette. Il se détourne brusquement et sort.

Lela a grandi et Vano ne l'emmène plus dans la salle d'histoire ni dans le vestiaire. Parfois, quand elle le regarde, un doute surgit dans son esprit. Tout cela n'est peut-être qu'un mauvais rêve et rien ne s'est passé dans la réalité. Mais à la vue de Vaska, de son sourire à peine esquissé, elle est rappelée à la cruelle réalité et remplie de frayeur. Elle tremble de honte et en a la nausée.

Lela aperçoit Levan et sa mère. Assis sur le banc, ils conversent à voix basse. La mère de Levan est bien habillée. On peut même dire qu'elle est belle. Elle doit avoir des relations compliquées avec les hommes, ce qui ne lui laisse sans doute pas assez de temps à consacrer à son fils. Elle a une poitrine généreuse, porte une blouse au décolleté profond sur une jupe étroite. Ses cheveux châtains et lisses tombent sur ses épaules. Les habits et le physique plaisant de la femme laissent supposer qu'il y a des hommes dans sa vie. Elle est à la fois belle et lasse ; son visage maquillé respire la tristesse. Elle se lève. Levan aussi. La mère serre son fils contre sa poitrine. Le garçon répond à son étreinte en enlaçant timidement ses épaules. Puis, tenant le sac apporté par sa mère, il accompagne celle-ci jusqu'au portail et l'ouvre. Une fois sa mère sortie, il referme le portail et court vers le bâtiment, sans se retourner. Il est impatient d'ouvrir le sac et d'en sortir les friandises. Lela suit la femme du regard. La mère de Levan longe lentement la route. Elle s'arrête pour faire signe à un bus décrépit de s'arrêter. Le conducteur freine devant l'arrêt désert, ouvre la porte arrière et attend patiemment la passagère en faisant vrombir le moteur. Le bus repart avec la mère de Levan qui va retrouver sa vie dissolue.

Les pluies de la fin de mai ont commencé. L'eau s'infiltre dans la chambre aux lits. Dali veille à ce que les enfants n'y entrent pas. Elle se déplace dans la chambre en soupirant pour mettre des seaux et des bassines sous les gouttes qui tombent du plafond.

Lela aime regarder la pluie. Elle est assise dans le salon avec la télé, devant la fenêtre, et contemple la cour. Les enfants, assis à côté d'elle, ne quittent pas des yeux les torrents qui, descendant du ciel, dévalent la rue. L'internat est bâti sur un terrain légèrement en pente, dans une petite dépression, et l'eau accumulée dans la rue se fraie d'abord un chemin vers le portail, puis déferle dans la cour et se déverse tout autour du bâtiment pour finir par l'assiéger.

Cet après-midi-là du mois de mai, la pluie lave la rue de Kertch et les environs de l'internat, comme si elle voulait enlever d'un coup la crasse accumulée. Tout le monde, y compris Dali, s'est réuni dans le salon avec la télé. De la buée couvre les vitres. Les enfants ont l'illusion d'avoir une famille et d'être ensemble. Tsitso entre, accompagnée de Madonna. L'« Américaine » dit que le couple veut adopter Irakli. Assis sur le rebord de la fenêtre à côté de Lela, le garçon devient rouge comme une tomate.

Tsitso et Madonna sont trempées parce qu'elles ont marché sous la pluie. Avec leurs croupes volumineuses et leurs cheveux courts plaqués sur le crâne qui leur font de petites têtes, elles ressemblent à des poules mouillées. Elles s'asseyent dans les fauteuils. Dali, qui pleure déjà, de joie ou de chagrin, se place devant elles et les enfants se groupent tout autour. Lela donne un coup de pied à Irakli pour le faire descendre et lui fait signe d'avancer. Une vraie mêlée s'est formée autour des femmes où même un rugbyman professionnel aurait du mal à s'introduire.

– Irakli, viens ici ! appelle Tsitso.

– Mais où est-il ? Il était là tout à l'heure... ajoute Dali en promenant son regard sur les enfants.

Le cercle s'ouvre et Irakli apparaît.

– *I jest co just say I love you*[1] ! dit Levan en lui tapotant l'épaule.

1. Prononciation déformée des paroles de la chanson de Stevie Wonder *I Just Called To Say I Love You*, très populaire parmi les jeunes Géorgiens dans les années 1990.

Les enfants éclatent de rire. Tous regardent Irakli comme s'ils le voyaient pour la première fois, comme s'il n'avait jamais existé jusque-là, comme s'il apparaissait pour la première fois devant eux en chair et en os. Même Lela, qui voit Irakli presque vingt-quatre heures sur vingt-quatre, le regarde d'un autre œil. Le visage du garçon lui semble maintenant complètement différent. Sa rougeur a presque disparu ; son visage et son cou portent des marques qui ressemblent aux ombres tremblantes d'un arbre. Il s'assied doucement sur l'accoudoir du fauteuil.

– Mes félicitations ! dit solennellement Madonna.

Elle semble étonnée, comme s'il lui était difficile de croire à ce miracle.

– Ah, tu ne peux même pas imaginer quelle vie t'attend, quel avenir… un vrai conte de fées ! Tu ne te rends pas compte à quel point la chance t'a souri !

Elle fait un bond dans son fauteuil pour se tourner vers Tsitso.

– Quelle chance il a ! Tu te rends compte ?

Tsitso est calme et souriante, comme s'il ne pouvait en être autrement et que c'était exactement comme ça qu'elle avait imaginé la suite des événements. On dirait qu'elle a été en contact avec le Tout-Puissant, et qu'il lui a amicalement tout dévoilé.

– C'est toi qui as eu l'idée de photographier tous les enfants et d'envoyer ces photos ! Tu m'as dit que nous n'avions rien à perdre. Chapeau ! Qui aurait pu imaginer ça ?

Personne n'aurait cru que Madonna avait un tel tempérament. Elle se retourne vers son auditoire, au premier rang duquel figurent Stella et Paco.

– Imaginez-vous ! Si l'on n'avait pas envoyé ces photos, ils auraient sûrement adopté un enfant en Yougoslavie… Là-bas, ils connaissent une femme qui vient de Sarajevo. Elle leur aurait promis un enfant invalide de guerre… C'est vraiment incroyable !

Après un petit moment de réflexion, Madonna reprend :

– C'est clair, ils auraient adopté quelqu'un d'autre si on n'avait pas envoyé la photo d'Irakli ! Je n'en reviens pas ! En plus…

Soudain, elle s'adresse à Irakli :

– Quel âge as-tu ?

– Neuf ans.

Madonna fait un nouveau bond en se retournant vers Dali.

– Tu vois ? Tu vois qu'ils ont complètement changé d'avis !

Dali, ses cheveux rouges en bataille, regarde Irakli.

– Irakli, tu as vraiment plu aux Américains !

Dali est sincère et, à peine calmée, elle semble prête à sangloter de nouveau.

Tsitso se lève. L'air lui manque et en plus quelqu'un a lâché des vents. Elle ouvre grand la fenêtre. On entend bien nettement le clapotement de la pluie et le fracas de son ruissellement.

Tsitso s'approche de Lela, appuyée au bord de la table.

– Lela, bravo ! Ton petit doigt ne mentait pas !

Elle pose la main sur l'épaule de Lela, la serre un peu comme pour s'assurer que la jeune fille est bien un être vivant. Puis elle la lâche, s'éloigne sans rien dire et revient vers Madonna.

Celle-ci fouille dans son sac, en sort une feuille de papier, se calme un peu et s'adresse à son public, en particulier à Tsitso et à Irakli :

– Bref, on nous demande beaucoup de choses...

Elle déplie ses doigts et commence à compter, non pas en partant de l'index, à la manière géorgienne, mais de son pouce dressé.

– Nous avons donc besoin du certificat médical... Il faut tout contrôler, de la tête aux pieds. Ensuite... Il faut des papiers... Tsitso, on en parlera ensemble... L'enfant doit décrire son parcours et rédiger une lettre de motivation, en expliquant ce qu'il attend de la famille d'accueil...

– Je ne parle pas américain, dit Irakli.

– Tout d'abord, il s'agit de l'anglais. Là-bas, ils parlent anglais. Mais ce n'est pas un problème, on va traduire.

– Madame, lance Levan, il ne sait pas écrire en géorgien. Il y a de fortes chances qu'il réussisse mieux en anglais. *I jest co just say I love you...*

Et il donne un coup de coude à Irakli. Les enfants éclatent de rire. Les oreilles d'Irakli rougissent.

– Bref, continue Madonna, sans prêter attention à la remarque de Levan, l'enfant doit être prêt pour septembre, avec tous ses papiers et son passeport. Ils viendront ici en septembre, pour quatre jours seulement. Ils n'auront pas plus de temps... Et ils repartiront avec lui. Maintenant, voici ce qu'ils écrivent...

Madonna prend le papier.
– C'est en anglais. Je vais essayer de traduire mot à mot.
« Chère Madonna, chère Tsitso,
Nous vous remercions pour tous les documents que vous nous avez fournis. Madonna vous a certainement parlé de nous, mais nous tenons à vous dire que notre famille est véritablement accueillante et hospitalière »... Bon, on comprend le sens... « Ci-joint les pièces nous concernant et nos CV. »
Madonna saute les passages qui lui semblent moins intéressants. Enfin, elle trouve un paragraphe qu'elle considère comme digne de lecture et qui suscite même un véritable enthousiasme chez elle : « Comme vous le savez, choisir un enfant pour une adoption est une affaire extrêmement difficile. Nous ne voulions pas... »
Madonna réfléchit un instant.
– Bref, ils ne voulaient pas faire leur choix sur place, parce que cela aurait pu traumatiser les autres enfants. De plus, ils se seraient retrouvés eux-mêmes devant une dure épreuve émotionnelle.
Puis elle choisit un autre passage significatif qui la ravit :
– « Au début, nous avons pensé qu'il serait préférable que l'âge maximal de l'enfant soit de six ans. Les plus jeunes s'intègrent plus facilement et ont une plus grande capacité d'adaptation. Mais quand nous avons vu la photo d'Irakli, son doux visage tendre et son regard expressif... »
Soudain, la lectrice a les larmes aux yeux. Elle se pince le nez entre le pouce et l'index, pour les retenir ; elle ferme les yeux et son menton tremble sous le coup de l'émotion. Mais elle se ressaisit très vite et conclut d'une voix mêlée de larmes :
– Bref, c'est pour cela qu'ils ont décidé...
– Waouh ! ricane Levan. Irakli, ils ont aimé ta frimousse !
Tsitso lui lance un regard noir.
Des larmes coulent sur les joues de Dali sans qu'elle cherche à les cacher. Elle déplie lentement un grand mouchoir et s'essuie le visage.
Manifestement, l'internat va ajouter de nouvelles pages à l'histoire de ses héros. Irakli va devenir l'un d'eux et même aller plus loin que Cyril et Ira.
Une fois le ciel dégagé, Irakli et Lela entrent dans la loge de gardien. Lela donne au garçon une tape sur la tête.

– Alors, tu es content ? Après, tu me prendras avec toi ! Il ne faut pas qu'en Amérique tu deviennes une andouille et que cela te fasse tourner la tête !

Lela rit. Irakli sourit aussi. Ils allument leur cigarette et la pièce se remplit de fumée. Lela se lève pour entrouvrir la fenêtre.

– Lela…

– Lela, Lela ! Quoi ? Lela ne sera pas avec toi en Amérique. Il ne faut pas que tu pisses de peur ! Ne t'inquiète pas, je vais te donner le numéro de Schwarzenegger et tu pourras l'appeler de ma part !

Lela, en riant, tire la poignée de la fenêtre.

– Tu viens avec moi pour appeler ?

Lela s'arrête, lâche la poignée et fixe Irakli, plongé dans les volutes de fumée.

– On essaiera une seule fois, dit Irakli prudemment.

Lela s'assied à la table, près de la fenêtre.

– Quoi ? Putain de merde ! Tu déconnes ! Tu piges ce qui t'attend ? Et tu veux l'appeler ! Ah, non !

Lela hausse les épaules ; elle ne comprend plus rien à cette vie.

– Quand même… si jamais elle revient ? dit Irakli calmement.

– Elle ne viendra jamais. Tu as compris, tête de mule ?

Lela veut continuer, mais elle se tait. Irakli ne dit rien. Son visage semble encore plus maigre et plus pâle que d'habitude. Lela se rappelle ce que les Américains ont dit sur ce visage délicat et ce regard expressif.

La fille grassouillette de Mzia ouvre la porte. Le scarabée poilu ne s'est enfui nulle part ; il vit toujours là, sur sa joue. Dès que la fille voit les enfants, son visage s'assombrit et, sans mot dire, elle leur ferme la porte au nez, comme si une conspiration se préparait à l'intérieur. Les enfants, étonnés, se regardent. Lela sonne de nouveau. Cette fois-ci Mzia ouvre la porte. Le sourire a disparu de son visage. Les sourcils froncés, elle jette sur les enfants un regard froid et pénétrant.

– Bonjour, dit Lela. Excusez-nous, serait-il possible de passer un appel ?

La femme fixe les enfants. Elle a l'air blessé et ses yeux humides semblent emplis de larmes.

– Bravo ! lâche-t-elle soudain d'une voix tremblante. Un grand merci de m'avoir récompensée comme ça ! Je faisais tout pour que vous vous sentiez comme chez vous... Je ne vous ai jamais rien demandé. Je ne vous voulais que du bien... Vous venez pour téléphoner ? Très bien. Vous pouvez appeler autant que vous voulez... Mais... Vraiment je vous remercie ! Comme vous avez appelé à l'étranger directement, sans composer le code, notre téléphone a été bloqué ! Mon mari a dû aller payer. Un homme fatigué qui rentre du travail... Pourquoi ? Pourquoi la personne à laquelle je suis prête à apporter de l'aide doit-elle me mentir ?

Mzia est au bord des larmes. Lela remarque que la fillette au scarabée se cache derrière la croupe de sa mère et les observe du coin de l'œil.

Irakli et Lela sont paralysés, ils ne savent ni quoi faire ni quoi dire. La femme referme la porte. Irakli, tête basse, pareil à un chien battu, retourne vers l'escalier. Lela reste immobile, pétrifiée par ce reproche inattendu.

La porte s'ouvre de nouveau, mais reste entrebâillée. La fille au scarabée avance le nez et constate que les invités indésirables sont toujours là. La voix de Mzia parvient depuis l'appartement :

– Ferme la porte tout de suite et viens là !

– Maman, ils sont toujours là...

– Ferme alors et éloigne-toi ! répond Mzia derrière la porte.

Le silence retombe. Plus aucun bruit.

Lela réfléchit un instant. Puis elle fait quelques pas sur le palier, et sonne à la porte d'en face. Irakli en est surpris. De nouveaux voisins habitent dans cet appartement. Une fille maigre d'une douzaine d'années leur ouvre.

– Pardon, dit Lela. Est-ce qu'il serait possible de téléphoner ? Juste une minute. Nous sommes de l'internat. Nous devons appeler pour une urgence.

– Le téléphone ne marche pas, répond la fille avec une grimace désolée.

– Ah, excusez-moi... dit Lela.

La fille referme la porte sans un mot de plus.

Irakli descend l'escalier, suivi de Lela. D'un coup, comme si elle venait de se rappeler quelque chose, Lela dit :

– Attendons un petit peu. Cette fille nous a menti.

– Elle a menti ? lui demande Irakli, étonné.

Ils restent un moment sans rien faire. Puis Lela remonte et sonne. La même fille ouvre la porte.

– Mademoiselle… Un réparateur vient de voir le tableau de communication. Il a réparé les téléphones. Maintenant, ça doit marcher chez vous. Vérifiez !

Un peu gênée, la fille rentre en laissant la porte ouverte et soulève le combiné posé sur la petite étagère de l'entrée.

– Ah, ils ont réparé…

Elle est un peu désarçonnée d'avoir trouvé en son interlocutrice une meilleure menteuse.

Lela et Irakli entrent. La fille disparaît dans une pièce d'où parvient le son du téléviseur.

– Qui c'est ? demande une femme à travers la porte.

– Les idiots. Ils veulent téléphoner.

Les habitants se taisent. On n'entend que la télé et la toux d'un homme.

Contrairement à celui de Mzia, l'appartement est mal rangé. Il semble plus sombre aussi. Aucune odeur de pâte chaude ne se répand depuis la cuisine. Il n'y a aucune chaise pour s'asseoir en téléphonant. Irakli déplie le bout de papier avec les chiffres et compose le numéro. Une vieille femme qui ne parle que le grec décroche. Au bout d'un moment, un peu irritée, elle se met à crier :

– *No Inga, no ! Inga does not live here anymore !*

Irakli appelle Ivlita, mais elle n'a plus de nouvelles d'Inga : cette dernière ne l'a plus appelée. Elle émet l'hypothèse qu'Inga a changé de logement et de travail, et refera surface quand ses affaires iront mieux.

C'est décidé : Irakli partira pour les États-Unis.

Lela se rend de nouveau dans l'immeuble d'à côté, cette fois-ci seule, sans Irakli. Elle emprunte une autre entrée, s'arrête devant une porte et sonne. Marika lui ouvre. Étonnée de voir la jeune fille, elle sourit.

– Comment vas-tu ?

– Je voudrais te parler.

Marika sort et referme silencieusement la porte derrière elle, comme si son ex-amant venait la chercher.

– Que se passe-t-il ?

Lela sort de sa poche le bout de papier avec le numéro de téléphone et lit les mots qu'elle a gribouillés :

– Dis-moi, que signifie « *Inga does not live here anymore* » ?

Marika la regarde avec perplexité, puis examine le papier et lui donne une réponse qui ressemble plutôt à une question :

– Inga ne vit plus ici ?

Cela rend Lela pensive.

– Tu connais Irakli, non ? Il a été adopté par des Américains. C'est super ! Ils vont venir le chercher en septembre...

Marika écarquille les yeux.

– Waouh ! C'est cool !

– Oui... reprend Lela avec sérieux, je voudrais justement te demander... Tu ne pourrais pas lui apprendre deux ou trois mots ? Tu parles l'anglais, non ?

– Je ne parle pas très bien... dit Marika, un peu confuse. Je ne fais que suivre des cours particuliers... Ce serait mieux de lui trouver un professeur...

– Est-ce que tu pourrais lui donner des leçons ? Nous pouvons te payer. Sans problème. Tu paies combien pour une leçon ?

– Je paie chaque mois. J'ai des cours deux fois par semaine... dit-elle embarrassée.

– Nous allons te payer chaque mois, avec deux cours par semaine. Nous viendrons chez toi ou au contraire, tu viendras chez nous deux fois par semaine. Pas de problème. J'ai ma chambre maintenant. Tu pourras lui apprendre un peu d'anglais... Qu'il sache quelque chose en arrivant là-bas...

– Je ne sais pas... dit Marika avec hésitation. Je me prépare pour entrer à la fac... Je n'ai pratiquement plus de temps libre... Cette année, je termine l'école...

– Nous allons payer. Combien veux-tu ?

Marika réfléchit un instant.

– Nous avons de l'argent. Je travaille... Je surveille le parking. Je ne gagne pas beaucoup, mais ça doit suffire.

– Je ne sais pas... Je paie quarante laris[1]. Le prof est un de nos proches. Et si on disait la moitié ?

– Vingt ?

1. Monnaie nationale géorgienne, émise à partir de 1995.

Elles se taisent toutes les deux et leurs regards se croisent. Lela n'en revient pas que cette fille lui ait mis la main dans la culotte et l'ait poussée à lui faire la même chose.

À ce moment-là, Tina, une voisine, monte l'escalier lentement, en soufflant. Lela s'efface devant elle et Marika la salue. Tina regarde cette dernière d'un œil soupçonneux, étonnée de la voir devant son appartement, se rabaissant au point de discuter avec une pensionnaire de l'internat. Elle répond un « Bonjour » équivoque et continue à monter les marches. Dès qu'elle disparaît, Marika, ennuyée de marchander, inspire un grand coup avant de dire :

– Ça ira ?

– Oui, vingt laris, c'est bon pour nous, répond Lela.

– Bon. Bref, je viendrai chez vous deux fois par semaine, l'après-midi. Le soir, je suis des cours privés.

– Donc, quel sera le prix d'une leçon ? Et si on te payait à la fin de chaque cours…

– Alors, divise par deux : dix laris pour deux semaines… cinq pour une semaine. Vous me donnerez cet argent une fois par semaine, je préfère.

Marika se tourne vers la porte, sans même attendre la réponse.

– T'es cool ! Quand viendras-tu ?

– Demain, à deux heures.

– Très bien, dit Lela, et elle dévale l'escalier.

– Attends ! crie Marika.

Du haut de l'escalier, elle regarde Lela.

– Est-ce qu'il sera motivé pour apprendre ?

– Oui, il sera motivé, dit Lela après une courte réflexion.

Le lendemain, Irakli et Lela accueillent Marika dans la loge. Irakli est assis à la table, raide comme un piquet, un cahier de douze pages et un stylo bille au bout rongé posés devant lui. Marika s'assied en face de lui.

– *Hello,* dit Marika comme si elle voulait tester son élève.

Irakli regarde Lela. Celle-ci hausse les épaules.

– « *Hello* » signifie « bonjour ». Nous allons nous saluer en anglais et nous dire au revoir en anglais aussi. Ok ?

– Je connais « Ok ».

– Très bien. Maintenant, je vais te dire bonjour et tu vas me répondre.

Irakli acquiesce.

– *Hello !* dit Marika.

– *Hello !* répond Irakli, cherchant à l'imiter.

– *Perfect !* dit Marika, et elle explique le sens de ce nouveau mot.

Lela assiste au cours. Irakli apprend quelques mots d'anglais et les note dans son cahier. Cela rend évident un autre problème : Irakli a oublié certaines lettres géorgiennes, ne sait pas les écrire, ou ne les connaît tout simplement pas. Alors Marika change le contenu de son cours et dicte à Irakli l'alphabet géorgien. Lela proteste, mais Marika la convainc facilement qu'il est impossible d'apprendre une langue étrangère quand on ne maîtrise pas l'écriture de sa langue maternelle.

Pensive, Marika gratte son long nez couvert de taches de rousseur.

– Cela peut nous poser beaucoup de problèmes, dit-elle. Il ne pourra rien écrire et sera obligé de tout apprendre par cœur.

Finalement, avec l'aide de Marika, Irakli écrit dans son cahier les trente-trois lettres de l'alphabet géorgien. Enfin, comme il faut avoir du souffle pour arriver jusqu'à la dernière, le « h », Marika prend la petite main de son élève et sent qu'elle est trempée de sueur. La leçon se termine. Irakli se plaint d'avoir mal à la tête. Lela donne cinq laris à Marika.

Les enfants sont réunis devant la loge. Quand Marika sort, Levan beugle :

– *I jest co just say I love you.*

Les enfants rient et Marika rit elle aussi.

– Non, ce n'est pas comme ça. Il faut dire : « *I just called to say I love you* »…

– Ah ! Je ne vais pas m'en souvenir !

Levan se frappe le front d'une main, non sans une certaine théâtralité. Visiblement, Marika lui plaît.

– Est-ce que tu sais ce que ça veut dire ? demande Marika.

Levan rougit, mais trouve une réponse :

– Bien sûr que je sais ! C'est une injure, non ?

Les enfants partent d'un éclat de rire.

– Non. Cela signifie « J'ai juste appelé pour te dire : Je t'aime ».

Ces mots provoquent une agitation générale. Les enfants se mettent à rire comme des fous. Levan grimace comme s'il avait mordu dans un citron.

– Allez, casse-toi ! crie Lela en sortant de sa loge. Laisse cette fille tranquille ! Compris ?

– C'est bon, il ne me dérange pas, dit Marika en prenant la défense du garçon.

– Elle me dit qu'elle m'aime. Comment veux-tu que je la laisse tranquille ?

Les enfants s'esclaffent.

Marika s'en va.

La sonnerie du dîner retentit. Tous les enfants, y compris Lela et Irakli, se ruent vers le réfectoire.

– *Perfect*, bredouille Irakli tout bas.

Lela jette les yeux sur une pomme de terre bouillie et une boulette[1] sans viande. À côté, un bocal de trois litres contient une sauce à base de concentré de tomates, diluée à l'eau du robinet, dans laquelle flottent des morceaux d'oignon. Les enfants se jettent sur cette sauce en la versant directement du bocal dans leurs assiettes. Certains en prennent beaucoup, ce qui fait crier les autres qui cherchent à leur arracher le bocal des mains. Lela saisit sa boulette à pleines mains et la mange avidement, en deux bouchées. Puis elle se lève, sort dans la cour, allume une cigarette et suit le sentier longeant le verger de poires. Sans but précis, elle fait le tour du bâtiment de l'internat et s'arrête à l'entrée, près de l'escalier. Tout le monde est au réfectoire. Lela jette le mégot d'une pichenette, entre dans le bâtiment, monte au quatrième étage et s'approche de la chambre aux lits. De loin, elle remarque que la porte est entrouverte ; elle pénètre dans la pièce et voit Vaska. Le garçon lui tourne le dos, planté au bord du balcon effondré, tête penchée. Il n'a pas entendu Lela. En le voyant tout seul, la jeune fille est saisie d'une folle envie de lui faire peur. Elle s'approche de lui à pas de loup, empoigne vigoureusement ses vêtements à deux mains, comme si elle voulait le jeter par la fenêtre.

1. Dite aussi « côtelette Pojarski », cette préparation est généralement constituée de viande hachée.

– Bouh ! crie-t-elle.

Effrayé, Vaska fait un mouvement instinctif : il déploie les bras, comme s'il était un oiseau prêt à s'envoler. Finalement, l'oiseau change d'avis et se contente de garder son équilibre. Puis il se rue sur Lela. Les adolescents s'entrechoquent, bras levés, semblables à deux béliers se heurtant de leurs cornes. Vaska a les traits crispés, comme s'il pleurait ; mais non, il a le visage en feu. Les adversaires, épuisés, se séparent d'un coup ; on dirait qu'un arbitre a sifflé la fin du match. Haletants, ils s'effondrent sur les lits placés face à face.

– Avoue que t'as eu peur ! dit Lela, à bout de souffle.

Le garçon remet de l'ordre dans ses vêtements.

– Qu'est-ce que tu regardais ? Tu veux tomber et te casser la tête ? Et pourquoi es-tu monté ici ? Qui t'a permis d'ouvrir cette porte ?

Vaska se lève et se dirige vers la porte.

– C'était ouvert, dit-il en fixant Lela.

Elle remarque que le visage du garçon s'est calmé et que son sourire, qui avait disparu pendant la lutte, est revenu.

– C'était ouvert ? Tu déconnes ! s'étonne-t-elle.

– Oui, c'était ouvert, dit-il en souriant.

– Il n'y avait pas de cadenas ?

– Non.

Le sourire de Vaska commence à agacer Lela.

– Pourquoi tu grimaces comme ça ?

– Moi ?

– Qui d'autre ? Petit con !... Tu n'as pas faim ? Vas-y, va manger, sinon il ne te restera rien.

– Je n'ai pas faim.

– Je n'y comprends plus rien ! Tu es débile ou quoi ?

– Moi ?

– Qui d'autre ?

Vaska se tait, puis il lui tourne le dos et quitte la pièce. Lela le suit du regard, comme si elle ne lui pardonnait pas de l'avoir laissée sans réponse.

– Hé ! Que je ne te voie plus ici, sinon la prochaine fois je te fous en bas !

Le garçon disparaît dans le couloir sans répondre.

6

« Je tuerai Vano avant cet hiver, pense Lela. Maintenant, c'est l'été. J'ai le temps. Pas plus tard que l'hiver. Irakli partira en septembre. Je tuerai Vano quand Irakli sera parti... Au plus tard, cet hiver... Si je laisse passer l'hiver, je ne pourrai plus le tuer. Il pourrait crever tout seul, il est vieux... »

La peur l'envahit. Une fois de plus, elle se jure de ne pas laisser Vano mourir de sa belle mort.

Le soleil brille. Il souffle une brise agréable. Lela est assise sur le palier, tout en haut de l'escalier de fer. Elle se rappelle l'hiver où ils ont volé du bois aux voisins. Le propriétaire de la grange à bois les attrapa, Irakli, Levan, Vaska et elle. Il fulminait. Il ferma la porte de la grange, menaça les enfants d'appeler la police et les secoua. Irakli se mit à pleurer, Levan ne soufflait mot et Vaska, lui, prit son courage à deux mains et se défendit en disant : « Nous avons brûlé nos chaussures et nous n'avions plus rien pour faire du feu. Nous avions froid. C'est pour ça que nous sommes venus voler du bois. » Le voisin était un homme travailleur, costaud, bourru. Il ne regardait jamais son interlocuteur dans les yeux. D'ailleurs personne n'avait envie de bavarder avec lui. Les mots de Vaska l'adoucirent un peu. Il ouvrit grand la porte de la grange et à la lumière de la lune qui les inonda soudain il scruta les enfants.

Sa femme, une lampe à pétrole à la main et un châle jeté en hâte sur les épaules, l'attendait dehors. Si son travailleur de mari tombait sur des voleurs dangereux, il fallait qu'elle soit à ses côtés, tout au moins pour crier. L'homme posa dans les bras des enfants du bon bois sec, autant qu'ils pouvaient en porter, et les laissa quitter la grange. Il hocha la tête. Que voulait-il dire par là ? Désapprouvait-il le comportement des petits voleurs ou était-il soucieux de leur sort ? Les enfants marchèrent en silence jusqu'à l'internat, à pas légers. Dès qu'ils se furent glissés à travers le grillage, ils se sentirent chez eux, jetèrent le bois par terre et poussèrent des soupirs de soulagement. Stella les attendait près du grillage. Elle avait entendu les cris du voisin et sanglotait en silence.

Cette nuit-là, les enfants eurent chaud. Lela fut un peu plus gentille envers Vaska. Elle ne lui dit rien, ne le railla pas, le laissa se réchauffer devant le poêle et raconter une histoire.

« Je ne resterai ici que jusqu'à l'hiver », pense Lela et, assise sur le palier de l'escalier de fer, elle se chauffe au soleil. Elle tuera Vano, prendra son sac, préparé à l'avance, et partira d'ici. Peut-être ira-t-elle dans le quartier de Lotkini pour y rechercher les anciens de l'internat… Là-bas, il y a aussi des Gitans. Elle en connaît quelques-uns… Peut-être sera-t-il possible de rester avec eux un petit moment… Ou elle retrouvera Yana dans son appartement de la rue Mardjanichvili… Sinon elle ira à la gare et prendra un train vers l'ouest. Peut-être s'arrêtera-t-elle à Batoumi et demandera où habite Marcel. Marcel fait sans doute peur à tout le monde là-bas. Elle retrouvera Marcel, qui se souvient sûrement encore d'elle. Ensuite, elle ira voir la mer. En imaginant la mer, elle frissonne de plaisir. Elle ne sait pas nager, mais elle apprendra.

Tariel, le voisin et ancien gardien de l'internat, avait un cerisier à bigarreaux dans son jardin. Il ne touchait jamais aux cerises quand elles commençaient à rougir et attendait patiemment qu'elles soient mûres, vers la fin de juin. Il gardait quelques fruits pour lui : il les mangeait ou en faisait de la compote, et il vendait le reste. Il sortait une vieille table en bois de la cour, la mettait devant la maison, au bord de la route, et y posait les seaux remplis de bigarreaux. S'il faisait trop chaud, il plantait trois pieux, y tendait un drap de coton choisi par Narguiza, et s'asseyait sous son ombre en attendant les clients. Il vendait ses fruits cher et n'était pas prêt à en baisser le prix. Si une voiture venant de loin s'arrêtait, il faisait un bon prix au conducteur, mais pour ses voisins, jamais.

Ce cerisier provoquait souvent des bagarres et des disputes. Tariel ne pouvait plus se débarrasser des enfants du quartier. Il prit un molosse, mais un enfant lui fit avaler un morceau de viande fourré d'une aiguille. La pauvre bête mourut dans le jardin, sous les yeux de son maître. Une fois, Tariel courut après les voleurs, son fusil de chasse à la main, et tira en l'air. Une autre fois, un enfant effrayé d'être découvert tomba de l'arbre et se cassa les deux jambes... Sa femme lui demandait d'abattre l'arbre, mais Tariel résistait. Il observait avec patience les fruits surgir parmi les feuilles allongées et devenir peu à peu roses, puis rouges...

Lela avait un jour volé des cerises. Elle se souvenait encore des jurons de Tariel... Et elle ne s'était plus jamais approchée du jardin ni du cerisier.

Lela et Irakli sont sur la route, devant l'internat. Ils vont acheter des cigarettes dans le magasin de la vieille femme, un peu plus haut.

– Lela, les cerises sont déjà mûres, dit Irakli en passant devant le jardin de Tariel.

– Son propriétaire va s'en occuper. T'inquiète pas, il n'en restera pas une.

Irakli ne peut détacher les yeux des branches bruissant derrière la clôture. De temps en temps, la brise écarte les feuilles épaisses et fait apparaître des bouquets de fruits rouges.

– Tariel va les cueillir demain ou après-demain. C'est sûr ! dit Irakli avec regret.

Les vieilles femmes ne sont plus assises à l'ombre du mûrier. Fuyant la chaleur de l'après-midi, elles se sont réfugiées dans leur cour au sol bien plan et bien balayé, et regardent les passants à travers leurs clôtures. Parfois, l'une d'elles sort et asperge d'eau la terre battue ou l'asphalte devant son portail, comme si cela pouvait apporter de la fraîcheur. En la voyant, un passant penserait : « Voici une femme courageuse, une travailleuse infatigable... Si elle trouve le temps de balayer et d'arroser la terre devant chez elle, on peut imaginer à quel point sa maison doit être rangée et astiquée. »

– Lela ! J'aimerais bien goûter les cerises de Tariel, avant de partir pour l'Amérique !

– Tais-toi ! Sinon tu vas manger des pissenlits par la racine !

Le soir même, Lela réunit Irakli, Levan, Vaska et Stella dans sa loge. Elle leur confie un plan secret : cette nuit, ils iront cueillir les cerises de Tariel. Stella en est tellement heureuse qu'elle a envie de les embrasser tous… Elle n'arrête pas de se mettre dans leurs jambes. Vaska s'étonne que Lela l'ait impliquée dans cette affaire, mais il ne pipe mot.

Botchka[1], le nouveau chien de Tariel, est d'une race incertaine, d'une taille imposante, poilu, avec une tête et des pattes épaisses, une large gueule et des yeux tombants, purulents, au regard bienveillant. Il a déçu son maître, il en est conscient. Il sort souvent du jardin pour rejoindre les chiens errants. Il connaît tout le monde dans la rue. Il connaît tous les enfants de l'internat. Il ne fait de mal à personne. Dans la cour de Tariel, les chats effrontés passent devant lui, en balayant son museau de leurs queues… Botchka reste allongé calmement au soleil. Une seule fois, il a grogné et planté ses crocs dans la soutane du père Jacob. Tariel lui a frotté les côtes en lui reprochant de ne pas distinguer les amis des ennemis. Ce fut l'unique manifestation de l'agressivité de Botchka.

À trois heures du matin, les enfants quittent leurs lits douillets et se réunissent devant la loge. Lela monte dans la chambre des filles et réveille Stella, qui se lève immédiatement, comme un bon soldat. Elle est à moitié endormie, mais se souvient bien de sa mission et de la tâche qui lui a été confiée. Elle se frotte les yeux pour se réveiller. Pas besoin de mettre ses vêtements : elle s'est endormie tout habillée pour ne pas perdre de temps et pour être prête à participer à l'action commune dès son réveil.

– On y va ? chuchote Lela.

Stella hoche la tête. Elles sortent sur la pointe des pieds et descendent l'escalier.

---

1. En russe : tonneau.

Elles entrent dans la loge où Irakli, Levan et Vaska les attendent. Tout le monde fait confiance à la petite Stella ; elle est dévouée, n'aime pas les commérages et ne dénonce jamais personne, même sous le coup de la colère. Il fait sombre dans la pièce : les enfants n'ont pas allumé la lumière pour éviter de se faire remarquer.

Ils quittent la cour de l'internat sans un bruit. Sous le clair de lune, leurs ombres, corps noirs allongés sur le sol, les suivent. Les enfants marchent au bord de la route, cherchant à les semer, mais la lune ne les laisse pas en paix et continue à leur fournir une escorte. Il fait chaud. La brise nocturne souffle doucement dans les branches qui dépassent des clôtures. Les enfants s'arrêtent devant le portail de Tariel. Lela grimpe sur la palissade, siffle comme pour appeler un chien et lance vers le fond du jardin :

– Botchka...

Botchka, confiant, accourt en remuant la queue. Lela descend, passe la main de l'autre côté pour ouvrir la porte fermée par un fil de fer torsadé. Le chien avance le museau et sort du jardin. Lela le caresse. Stella, plus petite que l'animal, le prend par le collier et l'emmène.

– Botchka, viens ici ! lui murmure-t-elle d'une voix caressante.

Avec l'aide d'Irakli, la fillette attache une corde au collier du chien.

– Ce n'est pas juste : on a donné le nom de « tonneau » au chien et la femme de Tariel porte le nom de narcisse[1] ! remarque Levan.

Les enfants ne peuvent se retenir de rire. La plaisanterie de Levan réjouit Stella. Son visage s'illumine. Elle soulève ses sourcils arqués, ouvre grand la bouche et rit de tout son cœur, sans émettre un seul son.

– Emmène-le bien loin... lui dit Lela. Ne passe pas devant la maison de Souliko, sinon les chiens vont aboyer. D'accord, Stella ?

– Oui, je sais, je sais, bredouille Stella et, avec Botchka, elle traverse le chemin éclairé par la lune.

Elle ne regarde pas en arrière et tient fermement le chien par le collier. Elle est bien consciente de la confiance qu'on lui a

1. *Narguiz* signifie « narcisse » en géorgien.

accordée et prend son devoir très à cœur. Elle traverse la grand-route et se hâte en longeant la rue déserte. Elle ne porte plus ses collants, mais la jupe rose à volants laissée par Nona. Si quelqu'un la voyait, si petite à côté du gros chien, il serait étonné par leur amitié. Botchka jappe, réjoui par cette promenade nocturne.

Lela entre dans la propriété de Tariel. Elle fait un signe de la main aux garçons.

– Il faudra éviter de faire tomber des noyaux sur le toit du garage, chuchote-t-elle. Compris ?

Les garçons hochent la tête.

– Si je siffle, il faut redescendre tout de suite.

Lela rentre son t-shirt dans son pantalon et serre sa ceinture. Les garçons l'imitent.

– Donc, nous cueillons d'abord pour Stella. C'est ça ? demande Irakli, et il tire sur son t-shirt pour éprouver sa solidité.

– Si Stella en mange autant, alors elle aura la chiasse ! remarque Levan.

Ils étouffent leur rire.

– Ferme ta gueule ! lance Lela, furieuse.

La jeune fille referme le portail. Les yeux des enfants se sont habitués à l'obscurité et maintenant ils distinguent nettement la cour propre et bien rangée, la petite maison en briques avec sa porte d'entrée vitrée, derrière laquelle pend un rideau.

– Lela, dit Irakli à voix basse en tirant Lela par le bras. Je crois que Ghnatso est réveillé.

Elle observe la fenêtre d'où filtre une lueur jaune qui éclaire cette obscurité.

– Il dort la lumière allumée, dit-elle avant de s'avancer vers le haut cerisier au tronc épais.

Lela laisse d'abord Irakli, le plus petit d'entre eux, monter sur l'arbre. Vaska et elle, joignant leurs mains, font un marchepied. Irakli grimpe lestement et s'engouffre au milieu des branches entremêlées dans les ténèbres. Lela donne le signal à Levan. Chaussé de crampons de foot, le garçon met prudemment un pied sur les mains de ses amis, se soulève, puis il se colle au tronc pour grimper. Bientôt, comme Irakli, il disparaît dans l'obscurité de la frondaison.

Lela et Vaska restent seuls au pied de l'arbre.

– Toi d'abord… Au plus petit… dit Lela, et il lui semble que le sourire de Vaska s'élargit.

– Non… Vas-y la première, murmure le garçon et il se met à genoux, offrant son dos à Lela. Après une seconde d'hésitation, elle monte sur les épaules de Vaska, s'agrippe au tronc pelé de l'arbre et l'escalade. Elle colle sa joue contre l'écorce rugueuse, ferme les yeux et se fige pendant une seconde. Elle enlace l'arbre comme s'il était un être vivant qu'elle retrouvait après de longues années de séparation. Le cerisier est toujours le même, immuable, comme si cette rencontre l'avait laissé muet et intimidé. Seule la brise caresse délicatement ses branches. Resté seul, Vaska se cramponne à l'arbre de ses mains et de ses jambes et se hisse prudemment vers les branches supérieures. Il saisit une branche d'une main, balance son corps et s'y suspend comme un singe maigre aux longs bras.

L'arbre chargé de voleurs oscille doucement, mais ses racines le maintiennent solidement arrimé à la terre. Il a reçu les petits visiteurs comme une mère reçoit ses enfants affamés, de retour à la maison ; il les cajole, les met sur ses genoux et leur parle en murmurant, pour ne pas effrayer les voisins et ne pas attirer le mauvais œil. Les feuilles bruissent. Une branche craque sous un pied. Tous se pétrifient et retiennent leur souffle, dans l'attente d'un incident. Mais le silence règne tout autour et l'on n'entend que les cigales se disputer.

Les enfants cueillent des grappes de cerises avec leurs feuilles et en remplissent leurs t-shirts. Leurs ventres s'arrondissent. Ils mangent et cueillent aussi pour Stella… L'un d'eux jette un noyau qui tombe sur le toit de tôle avec un bruit sec. Tous s'immobilisent, dans l'attente, mais rien ne se passe, cette fois non plus. Lela essaie d'atteindre une branche chargée de fruits, mais Vaska s'y est déjà agrippé. Lela et Vaska se regardent sans mot dire. Sous la lumière lunaire, elle observe le visage souriant du garçon. Vaska appuie de tout son poids sur la branche et essaie de la diriger vers Lela. Celle-ci tend la main pour l'attraper mais elle a du mal, car la grosse branche résiste. Vaska s'y accroche à deux mains et ne la lâche pas tant que Lela cueille les fruits. La jeune fille ne se presse pas. Elle cueille les cerises, s'en délecte et lance les noyaux le plus loin possible en cherchant à dépasser le toit du garage. Elle crache quelques noyaux sur Vaska, en pleine figure, comme si elle lui soufflait au visage. Le garçon ne dit rien. Il incline juste un peu la tête pour les éviter. Sa tête disparaît un instant dans l'ombre du feuillage puis réapparaît sous les yeux de Lela. Le garçon la fixe de ses yeux vert et or. Pour éprouver sa résistance, la jeune fille veut cueillir jusqu'à la dernière cerise. Vaska attend. Elle laisse enfin la branche et en attire une autre, fine et souple comme une badine. Quand elle la lâche brusquement, la branche se détend vers le visage de Vaska ; il parvient à la retenir.

Les enfants sortent par le portail sans faire de bruit. Les t-shirts remplis de fruits leur font des ventres de gros buveurs. Stella se promène avec Botchka de l'autre côté de la route. En voyant ses amis, elle traverse pour les rejoindre. La lune éclaire comme en plein jour. Stella détache la corde du collier du chien, le caresse et lui fait franchir le portail.

– Au revoir, Botchka ! murmure-t-elle.

Quelques minutes plus tard, les enfants montent l'escalier de secours de l'internat. Les uns s'asseyent sur le palier, les autres sur les marches. Stella déplie sa jupe rose et Lela l'emplit des cerises qu'elle a amassées. Les yeux de Stella brillent.

– Botchka s'est bien comporté. Il n'a fait aucun bruit, dit la fillette avec fierté, et elle crache les noyaux vers les sapins.

– Botchka est sage. Il n'est pas comme Vaska qui a cassé une branche et fait tomber tous les noyaux sur le toit du garage, dit Lela.

Tout le monde rit.

– C'était un gros risque de le prendre avec nous, ajoute Lela.

Vaska reste silencieux.

– Ika... Est-ce que là-bas, en Amérique, tu vas penser à nous ? lui demande soudain Stella.

– Oui, il ne pensera qu'à nous, ironise Levan. Le pauvre, il va pleurer de tristesse en disant : « Stella me manque ! »

Stella rit de bon cœur.

– Je ne sais pas pourquoi, dit Irakli perplexe, mais je n'arrive pas à m'imaginer en Amérique... J'ai l'impression que c'est un songe...

– Par trop songer, cerveau ronger... grimace Levan, assis sur une marche.

Les enfants partent d'un éclat de rire. Levan est content.

– Tu n'es pas fatigué, toi ? lui demande Lela.

– Je ne me fatigue jamais ! Lela, laisse-moi étudier l'anglais et tu vas voir quel bon élève je suis… Et toi…

Levan se tourne vers Stella en la bousculant légèrement.

– Stella, où vas-tu travailler quand tu seras grande ?

– Ah… Je ne veux pas en parler maintenant… répond-elle toute gênée.

– La pauvre, intervient Vaska, une fois elle a dit quelque chose et depuis il l'emmerde !

– Vas-y, Stella, dis-le à Lela ! insiste Levan.

– Oh ! Au Technicum d'industrie légère, soupire-t-elle.

Les garçons rient comme des fous. Stella est froissée.

– D'où te vient cette idée, Stella ? demande Lela.

– Ah… répond la fillette vexée, éludant la question.

– Une fois, Dali a dit d'une orpheline qu'elle avait trouvé du travail au Technicum d'industrie légère. Stella répète tout comme un perroquet… dit Levan, et il donne une petite tape sur la tête de la fillette.

– Ah ! crie-t-elle.

Lela lui fait les gros yeux.

– Je ne suis pas un perroquet ! C'est lui qui l'est ! Lela, dis quelque chose à Levan…

– D'accord, d'accord ! Ne crie pas ! répond Lela pour la calmer.

– Stella, poursuit Levan, sais-tu quel est le vrai nom de cet institut ? L'Institut des mœurs légères.

Ils se tordent tous de rire, sauf Stella, qui jette des regards impuissants autour d'elle.

– Ce sont des putes qui travaillent là-bas, explique Levan.

– Non… c'est pas vrai ! crie Stella, désespérée. Lela, dis qu'il ment !

– Bon, ce n'est pas vrai ! réplique Lela pour la rassurer.

– Ma petite Stella ! ricane Levan. J'espère que tu ne nous feras pas honte et que tu ne deviendras pas une femme légère ! Sinon tu vas salir la réputation d'Irakli en Amérique !

La patience de Stella est à bout. Ses yeux lancent des éclairs et son visage grimace.

– Arrête ! Laisse-moi tranquille, espèce de clown !

Nouvel éclat de rire général. Stella, bouche fermée et yeux ronds, s'apprête à riposter de nouveau, mais Levan abandonne. Il bat des mains et rit de bon cœur, content d'avoir énervé la fillette.

Les cerises volées ont un arrière-goût amer : le lendemain, l'internat apprend que Tariel a abattu Botchka avec son fusil de chasse. Stella est en larmes. Tariel dépose le cadavre sur sa brouette et, muni d'une pelle, sort de son jardin. Lela le rattrape et lui propose d'enterrer le chien. Tariel, qui a vieilli de plusieurs années cette nuit-là, regarde Lela d'un œil soupçonneux et lâche la brouette.

– Rapportez la brouette dans la cour après l'avoir fait, dit-il. Et ne perdez pas ma pelle !

Les alliés de la veille creusent une tombe sur le coteau, entre les bains et le stade. Les autres enfants suivent attentivement l'enterrement du chien châtié. Les garçons aplanissent la terre sur la tombe. Stella y dispose des boutons d'or et des aigrettes de pissenlit, que le vent commence aussitôt à disperser comme autant de vœux. Tout affligée, elle a le visage gonflé de larmes. On dirait qu'elle a soudain mûri et percé un mystère terrifiant... De temps en temps, son regard se perd à l'horizon, elle repousse les mèches rebelles de son visage et renifle.

Comme promis, Lela rapporte la brouette dans la cour de Tariel. Personne ne veut l'accompagner. Irakli, Levan et Vaska restent assis sur le coteau, le visage las et les mains terreuses. La jeune fille emmène Stella avec elle. Après un petit bout de chemin, elle soulève la fillette, maigre et abattue, l'assied dans la brouette, lui fourre la pelle dans la main et s'élance. Stella se penche en arrière et se retient aux bords. Elle rit et ses yeux remplis de larmes se raniment. Assise dans la brouette, sa pelle dans la main, elle ressemble à un Indien dans son canoë, pagayant pour traverser une rivière impétueuse.

Mais nager à contre-courant n'est pas chose facile. Stella descend de son canoë et toutes deux remontent la rue de Kertch à pied. Il fait chaud et nuageux. Le soleil se cache, mais il n'y a pas un souffle d'air. Le ciel et les nuages semblent peser sur la terre et obliger les oiseaux à voler plus bas.

– Il va pleuvoir, dit Lela, et elle regarde les moineaux qui volent au ras du sol.

Tel un groupe de conspirateurs, les oiseaux virevoltent au-dessus de l'asphalte et se posent un instant pour se consulter. Ils s'envolent de nouveau pour aller dans une autre direction, à la recherche d'un abri sûr.

Narguiza accueille les filles devant le portail. Elle prend sans un mot la brouette et la pelle, et tend à Lela un billet de deux laris.

– Merci, ce n'est pas la peine, dit Lela.

– Non, merci, répète Stella.

La femme fixe les enfants avant de rentrer dans la cour et de fermer le portail.

Les filles sont sur le chemin du retour quand la pluie commence. Quelque part, tout près, le tonnerre gronde. Les enfants se mettent à courir. Instinctivement, Stella prend la main de Lela, mais celle-ci se dégage. Elle préfère rester libre, comme les moineaux qui volent seuls même quand ils forment une nuée.

Trempées jusqu'aux os, elles font irruption dans le bâtiment de l'internat. Il est désert.

– Lela ! Ils doivent être dans la chambre aux lits ! dit Stella, soudain furieuse.

Elles se ruent dans l'escalier. Stella, encouragée par la présence de Lela, ne veut pas être en reste. Elle gravit les marches quatre à quatre. À bout de souffle, elle continue à avancer, toute fière d'aider Lela à rétablir l'ordre.

Arrivées au quatrième étage, elles s'approchent de la chambre aux lits. La porte est entrouverte. On ne voit personne. On entend juste le grincement des ressorts. Stella, ruisselante de pluie, hausse les sourcils et regarde Lela sévèrement comme pour lui demander : « Qui ose faire ça ? » Lela, un doigt sur les lèvres, jette un coup d'œil discret dans la pièce. De l'eau coule du plafond. Irakli saute sur les lits en fer. Haletant et baigné de sueur, il ne voit rien autour de lui. Il saute comme s'il voulait toucher le plafond. Lela croit l'entendre lancer des mots appris par Marika : « *I'm fine* », « *My name is Irakli* »... Étonnées, les filles cachées derrière la porte regardent le garçon déchaîné. Du côté du balcon effondré, la pluie tombe en rideau épais.

La voix d'Irakli se fait clairement entendre :

– *I'm fine…*

Lela ferme doucement la porte, approche encore une fois son index de ses lèvres et fait signe à Stella de rester silencieuse. Elles redescendent.

– Stella, si je n'ai rien dit à Irakli, ça ne signifie pas que tu as le droit d'aller là-haut, dit Lela.

– Je sais, je sais… De toute façon, quand il sera parti pour l'Amérique, il ne pourra plus sauter comme ça ! C'est vrai, non ?

– Eh non, il ne pourra plus.

Le lendemain, Marika ne vient pas donner le cours d'anglais. Elle envoie l'enfant d'un voisin pour en prévenir Lela, prétextant un mal de ventre.

– Elle doit avoir ses règles, dit Irakli, tout content.

Lela lui donne immédiatement une petite tape sur la tête.

– Il ne faut pas répéter tout ce que tu entends !

Après le repas, Irakli et Lela partent se promener vers le verger. L'air est pur. Le silence n'est troublé que par le gazouillement des oiseaux. Il a plu pendant la nuit et le verger apparaît plus nettement ; il est d'un vert éclatant. À côté d'Irakli, Lela marche sur le sentier qui longe le verger en fumant sa cigarette.

– Lela… dit soudain le garçon. Je crois que Vaska est amoureux de toi.

Lela s'arrête.

– Arrête de dire des conneries ! réplique-t-elle.

Et elle reprend son chemin.

– Je ne dis pas ça pour te fâcher… dit-il en haussant les épaules.

Lela aspire jusqu'au bout la fumée chaude et amère.

– Frérot… dit-elle d'un ton menaçant quoique calme, je pense que c'est toi dont Vaska est amoureux. Alors on va te marier. Si tu n'es pas sage, je te donnerai Stella en dot. Non, tu ne la mérites pas. Dali ou Tsitso te conviendront mieux…

– Ah ! Impossible de parler avec toi !

Lela jette son mégot et promène son regard sur le verger. Les poiriers se dressent dans le champ d'un vert éclatant ; leurs branches torses et noueuses penchent vers la terre, alourdies par la pluie.

– Tu ne me crois pas, mais il te passe tout… Franchement, je ne pourrais jamais être aussi patient avec toi… Bon Dieu, je te jure que même si on se battait et que je n'arrivais pas à prendre le dessus, je me défendrais jusqu'au bout.

– Et pourquoi tu crois qu'il ne dit rien ? Il a peur de moi ! Il n'a pas de couilles, ton Vaska ! C'est un pauvre Gitan, un dégonflé !

Lela crache de côté.

– Non, Lela, il n'a pas peur de toi ! insiste Irakli. Vaska n'a peur de personne. Tu te rappelles le garçon qui est venu l'autre jour jouer au foot ? Il était grand… Tu t'en souviens ? Il nous a traités d'idiots puis il a dit à Vaska qu'il était un vagabond, un fils de pute. Et Vaska lui a mis la tête au carré. Tu t'en souviens ?

Lela reste silencieuse un moment, perdue dans ses pensées.

– Va me chercher une poire ! dit-elle enfin.

Irakli observe le verger comme s'il le voyait pour la première fois.

– J'y vais… Mais la poire sera immangeable !

– Apporte-m'en une quand même, insiste Lela.

Irakli se déchausse, enlève ses chaussettes et retrousse son pantalon.

– Tu veux une poire de quel arbre ? crie-t-il, arrivé au milieu du verger.

Puis il continue d'avancer lentement, à pas de velours.

– Si je tombe et que je me noie ici, ça sera ta faute…

– T'en fais pas ! Tu vas pas te noyer !

– Tu veux celle-là ?

Irakli attrape une branche chargée de fruits.

– Ça ira.

– Tu en veux combien ?

– Une seule.

Irakli regarde les poires vertes, grosses comme des ballons, rondes et brillantes. Il en saisit une et la cueille.

Écartant les bras comme s'il sortait de l'eau, il quitte le verger. Une fois à l'abri, il lance la poire à Lela. Elle l'attrape, la frotte contre son pantalon, la fait briller et plante ses dents dans la chair.

– Elle n'est pas bonne, dit-elle, et elle tend la poire à Irakli.
– Si ces poires étaient bonnes, personne ne les laisserait ici !
Irakli en croque un morceau, puis il fait un petit bond, se penche et lance le fruit de toutes ses forces au fond du verger.

7

Mi-juillet, quand par les journées torrides tout le monde évite de sortir de chez soi et que les rumeurs se répandent plus lentement que d'habitude dans le quartier, le bruit court que Manana a quitté Goderdzi. Tous ceux qui racontent ce remarquable événement en varient la sauce. Les uns disent qu'elle n'a pas quitté Goderdzi, qu'au contraire c'est lui qui l'a chassée car il a entendu parler de sa réputation douteuse. Les autres affirment que Manana n'était pas vierge. D'autres encore jurent que Goderdzi est impuissant... Bref, un beau jour d'été, la belle Manana fait ses valises et quitte pour toujours la rue de Kertch.

Un homme vient la chercher. Son visage dit quelque chose aux voisins. Ils l'ont vu au mariage. C'est le père de Manana, un homme de taille moyenne, maigre, au visage calme et réfléchi. Il met les bagages de sa fille dans sa VAZ-2106 couleur crème et referme doucement le coffre. Manana porte des leggings noirs brillants et un long t-shirt rayé. Ses boucles d'oreilles, de gros anneaux dorés, brillent dans ses cheveux bouclés qu'elle a laissés libres. Plus aucune trace du sourire désinvolte qui flottait sur ses lèvres le jour de son arrivée dans la cour de l'internat. Manana est pâle. Ses lèvres ne sont plus rehaussées par du rouge à lèvres, ni les coins de ses yeux soulignés d'un trait bleu... Même pâle, elle est belle, ce qui n'échappe pas aux regards des voisins réunis dans la cour. Goderdzi n'est pas là. Il a dû rester chez lui pour se préserver des voisins et des curieux. Venera met la tête à la fenêtre, au rez-de-chaussée, et tend à sa bru, ou plus exactement à son ex-bru, le manteau de fourrure qu'elle a oublié dans le placard. Preuve qu'il n'y a plus aucune chance que Manana passe l'hiver avec eux. À première vue, tout se déroule dans la paix et l'harmonie. Le père de Manana et Venera agissent à l'unisson, entourant la jeune femme de soins, comme s'ils la préparaient pour un voyage et qu'elle reviendrait bientôt à la maison.

Manana s'assied dans la voiture, sans faire ses adieux à sa belle-mère. En revanche, son père s'approche de Venera, toujours à la fenêtre.

– Adieu, madame, lui dit-il tout naturellement, sans la moindre rancune.

Venera demeure silencieuse. Elle suit d'un regard chagrin l'homme qui emmène la belle Manana pour toujours. Elle a le cœur gros. Elle sait mieux que quiconque qu'il ne faut pas la laisser partir… Mais elle n'y peut rien… Manana baisse la vitre de la portière : l'air lui manque. La voiture quitte la cour à toute allure. Manana ne se retourne pas une seule fois ; elle ne jette pas un dernier regard aux jeunes hommes réunis dans la cour, ni aux fenêtres de son appartement, ni à Venera qui, le visage allongé, la suit de ses yeux tristes…

Un mois plus tard, Venera loue de nouveau le réfectoire. Goderdzi se marie pour la deuxième fois. À dire vrai, c'est un mariage arrangé. La nouvelle élue s'appelle Irma. Sa famille est originaire de la région de Gali. Ce sont des réfugiés[1].

Bien entendu, l'internat épaule Venera dans son désir de faire oublier à son fils aussi bien qu'aux voisins le premier mariage malheureux. Le jour de la cérémonie est vite fixé. Ce qui n'a pas marché la première fois doit marcher cette fois-ci.

Pendant son cours avec Irakli, Marika n'a que Manana à la bouche. Elles étaient devenues un peu amies. Comme elles habitaient le même immeuble, l'une sonnait à la porte de l'autre tantôt pour emprunter quelque chose, tantôt pour

1. Dans les années 1992-1993, suivant l'autoproclamation de l'indépendance de la république autonome d'Abkhazie, soutenue par la Russie, un conflit armé généra un grand nombre de réfugiés et de déplacés (plus de 200 000 personnes).

téléphoner... Marika est peinée : Manana partie, elle ne sait pas qui pourrait être son amie.

Lela ne peut donner à Marika sa rémunération habituelle et elle promet de la payer la fois suivante. Le lendemain, Lela va dans la cour de l'immeuble voisin. Goderdzi bricole, allongé sous sa voiture, et une bande de jeunes traîne à côté de lui. Lela passe devant Koba et, sans que personne entende, lui dit :

– Il faut que je te parle.

Lela et Koba se retrouvent au bout de la rue de Kertch. La jeune fille ouvre la portière et s'assied. Tout content, Koba prend la direction opposée à celle de la ville et suit la route de Tianeti. La voiture va à fond de train. Lela regarde défiler les rues, les maisons, les chiens affalés sur la route et un ou deux passants qui ne savent pas qu'elle va dans la forêt avec le jeune homme. Que ces inconnus n'en sachent rien lui plaît.

Koba quitte la grand-route et s'engage sur un chemin étroit et non asphalté. Un champ de maïs s'étend des deux côtés. Alentour, tout n'est que verdure. La petite route déserte contourne une colline clôturée, où une vache rousse broute, et monte vers la forêt.

Koba se déshabille. À la place de sa chemise à palmiers, il porte une chemise à carreaux bleus et bruns sur un t-shirt blanc. Il est maigre et osseux. Il enlève son jean à pattes d'éléphant et pose ses vêtements sur le siège arrière.

– Déshabille-toi.

Lela casse l'extrémité de sa cigarette et met le bout restant dans la poche de sa chemise. Elle se déshabille. Koba a gardé son slip et ses chaussettes ; le slip se soulève au milieu, comme si on y avait couvert un cône d'un bout de tissu. Le jeune homme sort un préservatif de son porte-monnaie et le pose à côté de lui. Lela enlève tous ses vêtements sauf son t-shirt et sa culotte. Elle baisse le dossier du siège. Koba tire sur la culotte de la jeune fille. Il ne veut pas l'ôter lui-même, mais lui faire comprendre que c'est elle qui doit la baisser... Il enlève son slip et enfile le préservatif sur son membre qui, aux yeux de Lela, ressemble à un animal dépouillé de sa peau. La jeune fille a encore une jambe dans sa culotte quand il enfonce son membre enveloppé de latex dans son vagin et s'effondre sur elle en poussant un soupir. Puis il commence à s'activer. Il soulève le t-shirt de Lela, empoigne son sein gauche et le pétrit comme de la pâte. Il transpire à grosses gouttes. Elle essaie de l'exciter pour faire en sorte d'en avoir vite fini, mais il préfère qu'elle reste immobile et être seul à s'occuper de ses va-et-vient. Elle a les jambes en l'air et ses pieds touchent le toit de la voiture. Il cherche les lèvres de la jeune fille et y plaque soudain sa grosse bouche. Surprise, elle sent les lèvres de Koba et sa langue mouillée qui frétille dans sa bouche comme un poisson agonisant. La chaleur inonde son ventre. De ses jambes, elle enlace le dos du garçon dégoulinant de sueur et se met en mouvement. Koba s'excite davantage, mais il ne lui laisse aucune liberté. Décidément, il n'apprécie pas son initiative. Il abandonne les lèvres de la fille, bloque ses jambes avec les mains et ses mouvements se font plus rapides. Lela ne résiste pas. Elle perd toute envie de bouger. La chaleur disparaît de son ventre. Après quelques poussées de ses maigres fesses, Koba hurle et s'affaisse sur elle comme un cadavre.

Quelques minutes plus tard, ils sont déjà rhabillés. La voiture reprend le chemin de la ville. Il fait sombre. Chargés de sacs, quelques passants attendent le bus. Une pensée fugace traverse l'esprit de Lela : c'est sans doute ainsi que mari et femme, un couple ordinaire, rentrent en voiture le soir pour retrouver leurs enfants qui les attendent.

Koba s'arrête loin de l'internat et donne cinq laris à Lela.

Elle continue à pied, en fumant. La cour de l'internat est vide. Tout le monde regarde sans doute la télé. Elle entre dans la loge, s'allonge sur le lit et tombe dans un sommeil profond.

Le cours suivant a encore lieu dans la loge. Lela n'est pas de bonne humeur. Allongée sur le lit, immobile, elle fixe le plafond.

Irakli a les yeux rouges. Ces derniers temps, il se plaint de maux de tête pendant ses cours d'anglais.

– Alors, répète encore une fois. Comment dit-on « j'ai faim » et « j'ai très faim » ?

– *I'm hungry. I'm satarvi.*

– *I'm starving.*

– Oui, dit Irakli.

– Maintenant, révisons les mots, propose Marika.

Irakli soupire et regarde Lela. Il veut lui faire comprendre qu'il n'en peut plus.

La jeune fille se redresse tout à coup.

– Écoute... dit-elle à Marika. Est-ce que tu ne pourrais pas lui apprendre des mots d'un autre genre, un peu...

Et elle fixe sur Marika un regard scrutateur.

– De quel genre ? Un peu quoi ?

Irakli, ranimé, vient en aide à Lela :

– Des gros mots...

– La ferme ! grogne Lela. Laisse-moi parler !

– Des mots qui lui seront utiles... ajoute-t-elle en se tournant vers Marika.

– Par exemple ?

– Par exemple, comment dit-on « bite » en anglais ?

Irakli s'esclaffe. Lela ne le gronde pas. Marika rougit légèrement. Son long nez semble s'allonger encore.

– *Dick ?* dit Marika, s'étonnant elle-même.

– Que dis-tu ?

Lela n'attendait pas une réponse aussi rapide.

– *Dick*, c'est ça ! dit résolument Marika.

Lela met immédiatement en pratique cette connaissance fraîchement acquise.

– Tais-toi, *dick* ! dit-elle à Irakli avant d'éclater de rire.

– Alors, comment on dit : « Casse-toi, grosse bite » ? poursuit-elle en réfléchissant tout haut.

– Tu penses qu'il en aura besoin ?

– Oui, oui... Je t'assure. Il ne le dira pas si ce n'est pas nécessaire... Mais s'il en a besoin, il ne pourra pas nous appeler ! Il vaut mieux qu'il sache !

Marika réfléchit :

– Je ne sais pas... « *Get out you dick* » ? Ah, je ne sais pas... Je n'apprends pas les gros mots, je n'en ai pas besoin. Je connais ce mot parce qu'un garçon qui suivait les cours d'anglais avec moi disait « *dick-tionary* », « *dictionary* », ce qui signifie le dictionnaire...

– Ah ! dit Lela.

Pendant un moment, tous les trois restent silencieux.

– Si vous voulez vraiment, je peux me renseigner. Je connais des gens...

– Oui, on veut. Il apprendra facilement « chien » et « chat » quand il sera là-bas. Il faut plutôt lui apprendre des choses utiles... pour se défendre !

– D'accord. Dis-moi alors tout ce que tu veux...

Marika arrache une feuille du cahier d'Irakli et prend un stylo.

Ragaillardi, Irakli s'assied en tailleur devant la table, aussi réjoui que s'il allait déguster un plat savoureux. D'un coup, tout – les leçons d'anglais, les maux de tête, les yeux rouges – prend un sens… Non, apprendre des mots grossiers n'est pas ce qui l'intéresse, mais entendre Lela les prononcer pimente les leçons, par trop ennuyeuses.

– Bref… dit Lela.

Assise jambes repliées, elle regarde par la fenêtre et essaie de se rappeler quelque chose.

– Tu as déjà noté « Casse-toi, grosse bite », non ?

– Oui, j'ai noté…

– Ensuite… « Bas les pattes, vieux salaud. »

Marika rit et elle écrit.

– Hé, hé… Si on ne peut pas traduire mot à mot, on trouvera au moins un équivalent.

Lela réfléchit.

– Après… « Ne me touche pas, sinon je te casse la gueule. »

Irakli ricane. Marika écrit.

Irakli voudrait participer à la rédaction de ce dictionnaire pratique, mais rien ne lui passe par la tête, pas une seule expression bien sentie.

– Hein… Et si on écrivait : « Ne me casse pas les pieds » ? demande-t-il.

– Attends… l'interrompt Lela, j'ai mieux : « Je vais te réduire en bouillie. »

Irakli est satisfait. Marika note.

– D'ailleurs, je ne vous conseille pas de parler comme ça en Amérique, dit-elle. Vous savez, c'est un autre pays… Ce n'est pas la Géorgie…

– Note et on verra… C'est uniquement en cas de besoin… Est-ce que tu as déjà entendu ce mec dire des gros mots ?

– Non, répond Marika, après avoir regardé le garçon.

– Est-ce que tu crois qu'il ne les connaît pas ? Il est malin. Il va les ressortir quand il en aura besoin… Et il faut qu'il le fasse ! Il faut qu'il sache se défendre !

– D'accord, dit Marika et elle continue à noter. Donc, « Je vais te rompre les os »…

– Bon… Tu te renseignes d'abord à propos de ça. On réfléchira à la suite…

Lela donne cinq laris à Marika. Elle lui doit encore dix laris pour les leçons des deux dernières semaines. Elle lui promet de la payer bientôt.

Madonna l'« Américaine » est revenue à l'internat. Les enfants tournent autour d'elle comme des abeilles autour d'une ruche.

Dali, hors d'haleine, ouvre la porte de la loge.

– Madonna est là !

Debout dans l'encadrement de la porte, éclairée par la lumière du soleil, on ne voit que sa silhouette, son corps en forme de poire et ses cheveux ébouriffés ; elle ressemble à un personnage de conte.

– Venez, les Américains ont envoyé des photos.

Elle observe les visages ébahis d'Irakli et de Lela avant de se retourner et de prendre ses jambes à son cou comme un enfant de l'internat. Elle est submergée par la joie, si rare dans sa vie monotone.

Irakli et Lela entrent dans le bureau de Tsitso. Madonna a étalé les photos sur ses gros genoux, pareils à deux coings, et les examine.

– Viens ici ! Voici tes parents... maman... papa...

Dali a les larmes aux yeux. Sur la photo, deux personnes posent devant un gazon bien ras : un homme de haute taille, aux cheveux gris, vêtu d'un jean et d'un t-shirt blanc, un sourire cordial sous ses moustaches, et une femme aux hanches larges, vêtue d'un chemisier blanc et d'une longue jupe multicolore. Ses cheveux lisses couleur de cendre tombent sur ses épaules. Son visage est fendu d'un large sourire.

– Voici John et Deborah, dit Madonna d'un ton solennel, et elle pointe la photo du doigt. Ce sont des gens fantastiques ! Dans les jours qui viennent, je vais inviter quelques journalistes. J'ai raconté cette histoire à quelques personnes et elles sont très intéressées... Au ministère, ça les a rendus dingues. Ils m'aident beaucoup...

Les enfants, fascinés, l'écoutent.

– Irakli, est-ce que Deborah et John te plaisent ? demande Dali.

Irakli hausse les épaules.

– Oui.

Lela scrute les visages des Américains, leurs habits, le gazon… Dans un angle de la photo, une voiture montre le bout de son nez.

– C'est leur voiture ? demande-t-elle.

– Je ne sais pas, répond Madonna avec désinvolture, et elle passe aux autres photos. On y voit la famille, les enfants – des adultes maintenant – qui, apparemment, vivent chacun chez soi.

L'Américaine montre à son public les photos des enfants adoptifs de John et de Deborah. Ils ne se ressemblent évidemment pas entre eux, pas plus qu'ils ne ressemblent à leurs parents. Ils sont de physiques et d'âges variés. Quelques photos de blonds sont suivies du portrait d'un jeune homme noir. Celui-ci fixe l'objectif et son large sourire découvre de belles dents blanches, bien rangées. Il est enveloppé dans une toge noire et coiffé d'un étrange chapeau noir. Les enfants éclatent d'un rire hystérique.

– Ah, diable ! dit Levan.

Les enfants se tordent de rire. Au milieu du vacarme, Madonna tente d'expliquer qui est l'homme sur la photo, mais personne ne l'écoute. Lela comprend vaguement que ce jeune homme noir est l'un des enfants adoptifs de John et de Deborah et qu'il a brillamment terminé ses études. « Il a dû avoir une médaille d'or », pense Lela et elle se souvient de Cyril.

Koba et Lela se rencontrent de nouveau au bout de la rue de Kertch. Il ne veut pas que quelqu'un le voie avec une fille de l'école des idiots dans sa voiture. Il prend des chemins détournés pour arriver à destination. Quand il croise quelqu'un, il dit à Lela de se cacher.

Il a fait chaud toute la journée. En quittant la ville, Koba baisse les vitres de la voiture et laisse entrer la fraîcheur.

Lela, jambes écartées, entend les sauterelles striduler. Elle a cru un moment que quelqu'un arrivait. Koba promène son regard autour d'eux pour s'assurer qu'il n'y a personne à part les sauterelles. Lela se détend, encercle Koba de ses jambes et suit son balancement. Il n'apprécie pas cette initiative et cherche à prendre le contrôle et à l'immobiliser. Sans comprendre comment ni pourquoi, Lela empoigne les maigres fesses de Koba et les attire vers elle avec force. Elle a chaud dans le ventre. Tout son corps ne fait plus qu'un, comme si elle était d'une seule pièce, un ballon rempli d'une eau tiède qui s'agite doucement.

La chaleur gagne son corps entier. Lela se cramponne aux fesses de Koba et crie sans retenue. Légèrement intimidé et très excité, le jeune homme est penché sur Lela, une goutte de sueur au bout du nez ; il gémit et finit dans une jouissance délicate.

Lela sort de la voiture et va uriner dans le champ. Elle disparaît un moment. À son retour, Koba est déjà habillé et fume devant la voiture. Elle lui demande une cigarette.

Silencieux, ils montent en voiture. Koba sort son porte-monnaie de la poche arrière de son jean et tend à Lela un billet de cinq laris.

– Je n'en veux pas, dit-elle de façon inattendue.

Il la regarde avec étonnement : il ne comprend pas ce qu'elle veut dire.

– Je n'en veux pas, répète-t-elle.

Elle a le visage écarlate ; ses cheveux mouillés de sueur tombent sur son front. Il a l'impression qu'elle sourit.

– Je n'en veux pas. J'ai joui, moi aussi.

Lela reçoit le dos de la main de Koba en plein visage. Elle crie d'une douleur inattendue. Sa lèvre a éclaté et elle se couvre la bouche de la main.

– Espèce d'idiote ! Sors d'ici !

Une main devant la bouche, Lela ouvre la portière et descend de voiture. Koba lui jette le billet de cinq laris, referme la portière et fait marche arrière. La fille reste figée au milieu des champs de maïs. Seule sur le chemin, elle ressemble à une apparition dont l'unique occupation est d'effrayer les voyageurs.

Le bruit du moteur s'est évanoui. Elle prend le billet tombé sur les cailloux du chemin et le met dans sa poche. Les sauterelles stridulent de plus en plus fort. Le soir tombe, les environs se teignent de bleu. Le vent surprend le champ et les tiges de maïs ondulent comme la mer. Lela presse le pas. Elle retrouve la grand-route et fait du stop.

Une Lada Niva blanche s'arrête. Elle monte dans la voiture. D'un certain âge, le conducteur a un visage fatigué et les mains d'un homme habitué au travail. Il observe la jeune fille avec attention et arrête son regard sur sa bouche ensanglantée.

– Que s'est-il passé ? Quelqu'un t'a embêtée ?

La jeune fille fond en larmes. Elle se couvre le visage de ses mains sales et se frotte les yeux. Elle fait une grimace, elle a la gorge nouée.

L'homme arrête la voiture au bord de la route et cherche quelque chose sur le siège arrière. Puis il sort, ouvre la portière du côté de Lela et lui tend une bouteille d'eau.

– Donne-moi tes mains, je vais t'aider à te laver le visage.

Elle sort de la voiture, se penche en avant, tend les mains à l'inconnu, recueille l'eau au creux de ses paumes et se lave le visage.

Quand ils remontent en voiture pour regagner la ville, l'homme lui dit :

– Une jeune fille comme toi ne doit pas se promener seule… Il y a tellement de salauds et de bandits sur cette terre…

Il regarde devant lui.

– As-tu des parents ?

– Oui.

– Quel âge as-tu ?

– Dix-huit ans.

– Où habites-tu ? Je vais te reconduire chez toi.

– Continuez et je vous dirai où vous arrêter.

Le silence s'installe.

– Que faisais-tu là-bas ?

Un gros camion les dépasse dans un bruit assourdissant et répand une fumée noire sur la route.

– Un ami m'a emmenée en voiture, dit-elle. Puis il est reparti en me laissant.

– Et ça ? C'est lui qui te l'a fait ? demande l'homme sans la dévisager.

Elle regarde par la fenêtre. Elle est tendue et ne veut pas que l'homme continue de l'interroger.

Il fait sombre quand la voiture entre dans la ville. Lela demande à l'homme de s'arrêter devant un immeuble d'habitation.

Des enfants jouent dans la cour, près d'un groupe de jeunes hommes. Le conducteur inspecte les environs mais ne remarque rien de louche. La cour n'a rien de particulier. Le soir est tombé, les ombres des feuilles sur les murs donnent un air majestueux aux environs. De la fenêtre d'un étage élevé, une mère appelle son enfant : « Vakho ! Vakho ! »

– Ne monte plus dans la voiture d'inconnus. Le monde est plein de pervers, dit l'homme.

Lela sort de la voiture et se hâte vers la première entrée, comme si elle habitait cet immeuble.

Il fait déjà nuit quand Lela va aux bains. L'écho du clapotement de l'eau qui résonne dans ce vaste bâtiment lui fait peur à chaque fois.

Elle regagne la loge et discerne Irakli allongé sur son lit dans l'obscurité. Il dort d'un sommeil de plomb. Elle observe un moment le garçon endormi. La lune qui filtre à travers la fenêtre éclaire son visage. Les Américains ont raison : Irakli a un visage délicat et une peau blanche, presque transparente. Il respire paisiblement. Lela s'assied sur le lit, se déchausse et, de son dos, pousse Irakli contre le mur. Le garçon bouge, se blottit contre le mur et se rendort. La jeune fille perçoit la respiration d'Irakli avec son dos. Elle repense à Koba et au billet de cinq laris dans la poche de son pantalon… Elle repense à l'homme qui l'a accompagnée jusqu'à la rue de Kertch. Elle fait un effort pour réfléchir, mais elle n'arrive pas à rassembler ses idées et s'endort vite.

Le lendemain, elle va dans la cour de l'immeuble voisin. Habituellement, la cour est vide pendant les vacances d'été. Tous ceux qui ont des proches hors de la ville ou une maison de campagne y emmènent leur famille. Il ne reste que quelques enfants, assis à une table, à l'ombre, l'air maussade, jouant aux cartes. À proximité traîne un groupe de jeunes et parmi eux Koba et Goderdzi, réhabilité, en pleins préparatifs de son second mariage. Cette fois-ci, il n'est pas allongé sous sa voiture ; un voisin lave cette dernière en utilisant un tuyau d'arrosage. Lela s'approche des hommes et se plante devant Koba, tout surpris. Les autres, eux aussi, regardent la jeune fille avec étonnement. Elle sort de sa poche le billet et le tend à Koba. Celui-ci, ne comprenant pas l'intention de Lela, change de couleur.

– Tiens, tes cinq laris ! Je n'en veux pas ! dit-elle en lui tendant l'argent.

– Va-t'en ! grommelle-t-il.

Vexé, il brandit le bras et lui tourne le dos. Mais il n'arrive pas à digérer sa colère ; il revient sur ses pas, regarde la fille dans le blanc des yeux et lui dit à voix basse :

– Va te faire foutre !

Les jeunes gens éclatent de rire.

– Qu'est-ce qu'elle veut ? s'étonne le voisin au tuyau d'arrosage.

– Donne-moi cet argent si tu n'en veux pas ! glousse l'un.

– Nique ta grand-mère pour ces cinq laris ! crie Lela et elle jette le billet aux pieds de Koba.

Les jeunes rient comme des fous. Quelqu'un applaudit.

– Bravo ! s'écrie un jeune homme ravi au menton orné d'un bouc.

– Et tu nous as caché ça, mon frère ? lance un homme voûté, de petite taille et vêtu d'un gilet en jean sans manches. Ben dis donc, tu es tombé bien bas !

Alors que Lela s'éloigne vers l'internat, le cri de Koba la rattrape.

– Viens ici, putain ! Je vais niquer ta mère !

Il veut se ruer sur elle, mais les autres le retiennent.

– Débile ! Tu es une vraie débile ! crie Koba.

Lela s'arrête et se tourne vers lui.

– Que je ne voie plus ta voiture pourrie sur le parking ! Sinon, je raconterai à Tsitso l'histoire de ces cinq laris... À Phirouz aussi... Tu seras bien dans la merde ! Tout le monde saura que tu fricotes avec des idiots ! Avec ces cinq laris, va payer des putes comme ta mère !

– Hé, ça suffit ! intervient la voix grave d'un homme irrité.

Les autres maîtrisent toujours Koba. Le voisin qui lave la voiture dirige son tuyau d'arrosage vers Lela, mais le jet n'arrive pas jusqu'à elle. Le type au gilet en jean se penche, ramasse un caillou et le lance vers les chevilles de Lela. L'homme à la voix grave dit calmement, en étirant les mots :

– Laisse-la... C'est une fille, quand même...

Avant d'enlever définitivement sa voiture du parking de l'internat, Koba veut rencontrer Lela une dernière fois. Un soir, il la guette au coin de la rue de Kertch et lui donne un coup de poing en plein visage. Elle tombe. Il la roue de coups de pied dans le ventre et dans le dos. Puis il s'en va et disparaît pour toujours de la vie de Lela.

8

Le temps s'écoule lentement à l'internat. En août, il s'arrête presque. Aucune voiture ne circule dans la rue ; l'air est immobile. Même les chiens limitent leurs mouvements au strict minimum : ils se déplacent lentement en suivant les ombres rampantes, se recroquevillent sous elles en cachant leur museau dans leurs pattes et méditent, une fois de plus, sur leur vie singulière, sans but, sans nom, et sans papier officiel...

La pluie n'est pas en vue, la fraîcheur non plus. Il est impossible de sortir de chez soi, surtout l'après-midi. Le soleil ardent, impitoyable, flamboie dès le matin. Cela fait déjà quelques semaines que cette braise gigantesque brûle et dessèche sans pitié une moitié de la Terre. Le sol s'est crevassé comme la croûte d'un cake. Les fourmis rapides, couleur de rouille, courent frénétiquement. La terre surchauffée leur brûle les pattes et elles cherchent une crevasse fraîche pour s'y abriter.

Le soir, quand le soleil se couche, l'air reste immobile. Dès son apparition, la lune enfante des ombres et égaie les environs. Une brise timide souffle, agite les branches et cherche à calmer les cigales qui sonnent l'alarme au pied de la clôture et dans les recoins de la cour de l'internat.

Les enfants traînent, comme abrutis. Ils n'ont plus la force de jouer au foot, ni aucun appétit. Dieu sait pourquoi, Dali leur interdit de s'asperger d'eau. Malgré cela, certains remplissent des bouteilles d'eau et, s'ils ne trouvent personne à arroser, ils se vident la bouteille sur la tête.

Un soir, alanguis par la chaleur, Dali et les enfants sont assis dans la cour, à l'ombre. Ils voient arriver Vano accompagné du père Jacob, et ils apprennent que Ghnatso, le fils de Tariel, va très mal et que la famille a appelé le prêtre à l'aide.

– Je savais que cela lui arrivait, mais au printemps, pas en été… dit Dali, perdue dans ses pensées.

Le prêtre, à la barbe noire, vêtu d'une soutane noire, lui répond calmement :

– Nous avons fait tout notre possible… Le médecin est venu… Maintenant, tout est entre les mains de Dieu. Ah, Phirouz arrive… Mais que pourra-t-il faire ? Il ne va tout de même pas mettre en prison un homme malade…

Le père Jacob parcourt l'assistance de ses yeux noirs et sévères. L'inspecteur Phirouz franchit le portail, d'un air triste et fatigué. Troublé, il raconte à Dali que Ghnatso, muni d'une hache, s'est rué sur ses parents qui s'affairaient dans le potager.

– Par chance, Koukoura était là, ajoute-t-il. Il a réussi à l'attraper et à le ligoter, mais il a pris deux ou trois coups dans la figure… Ghnatso a un poing puissant, surtout quand sa tête se détraque… Ce n'est pas possible de le laisser comme ça. Il faut lui donner des médicaments… Parfois il va bien, mais parfois il déraille… C'est un miracle si ses parents ont échappé à la mort !

– Vous avez raison, ça aurait pu mal finir, acquiesce Dali. Il a connu des crises dans le passé, mais pas comme celle-là… Avant, le malheureux se prenait pour Dieu et mettait des œufs dans ses poches… Pendant un moment, il allait mieux…

– Ah, personne ne peut prévoir quand il va perdre la tête… S'il était aussi inoffensif que ces mômes… dit Phirouz en s'essuyant le front avec son mouchoir.

– La raison est ailleurs, intervient le père Jacob. Le maudit a trouvé un être fragile… Il a besoin d'une enveloppe, d'un récipient. Il frappe à ta porte, et si tu ouvres, il entrera et s'emparera de toi !

– C'est du diable que tu parles, mon père ? demande Phirouz avec effroi.

– Il ne faut pas prononcer son nom ! Dieu, protège-nous !

Le prêtre se signe. Les autres se signent aussi par trois fois.

– Quel est le remède ? demande Dali.

Le prêtre sermonne l'assistance :

– La prière... Le jeûne... La vigilance... L'Église et la volonté de Dieu...

– Ah !

Dali soupire comme si c'était aussi difficile que de s'envoler dans le cosmos.

– Eh, une fois qu'on devient fou... dit Avto, le professeur de gymnastique, qui passait par là. Si la guérison était facile, il n'y aurait pas autant de fous dans le monde...

Avto tend rapidement la main à Phirouz et à Vano, puis se tourne vers le prêtre et lui serre la main familièrement. Le prêtre, qui s'attendait à un baisemain, est surpris par cette désinvolture. Il plisse les yeux et suit du regard Avto qui, boudiné dans son jogging, se dirige vers sa fourgonnette bleue.

– Est-ce que les enfants savent prier ? demande-t-il à Dali, soudain mécontent.

La question trouble Dali, elle ne sait que répondre. Son visage brille sous l'effet de la chaleur. Ses cheveux rouges et secs se hérissent sur sa tête. Intimidés, les enfants se taisent pour éviter que leur ignorance ne mette Dali dans l'embarras devant cet homme de Dieu.

– Apprends-leur des prières, à ces enfants !

Le père Jacob a un visage sévère. De la vaste poche de son gilet en lin noir, enfilé sur sa soutane, il sort quelques petites brochures, en choisit une et la tend à Dali.

– Ce sont des prières du soir. Apprends-les aux enfants. Tu es leur marraine.

Dali, rougissante et soumise, s'approche du prêtre, s'incline, lui baise la main et prend la brochure.

Cette nuit-là, Lela, qui souffre de la chaleur, s'endort enfin. Elle rêve qu'il fait beau et qu'elle se trouve derrière l'internat, à la lisière du verger de poires. Le verger n'est plus spongieux, mais complètement asséché. La terre est craquelée et il n'y a plus d'herbe. Les fissures sont si profondes qu'un homme pourrait y tomber. Lela veut sauter par-dessus une crevasse, mais elle n'ose pas. Au moment où elle s'accroche finalement à une branche pour sauter, elle se réveille.

Quelques jours plus tard, Lela et Irakli vont acheter des cigarettes dans le nouveau magasin de Zaïra. Sur le chemin du retour, ils croisent Ghnatso. Malgré la chaleur, Ghnatso porte son manteau noir. Comme d'habitude, il n'est pas rasé, il a les cheveux en bataille et des cernes noirs sous les yeux… Il remarque Lela et Irakli et les salue en bon voisin. Ils lui rendent son salut. Ghnatso demande une cigarette à Lela. Elle la lui tend, l'allume et observe son visage et ses mains, maigres et osseuses, qui protègent la flamme de son souffle. Ghnatso tire sur la cigarette et reprend son chemin.

Un soir, Lela réfléchit : peut-être fait-elle ces rêves étranges et déplaisants parce qu'elle ne prie pas avant de s'endormir ? Elle va chercher Dali qui est dans le salon avec les enfants.

– Maîtresse, peux-tu me dire… Où est le livre que le prêtre t'a donné ?

Dali s'extrait à grand-peine de son fauteuil, s'approche d'une étagère dégarnie et y prend la brochure offerte par le prêtre.

– Je n'ai pas pu la lire… dit-elle en la feuilletant. Je ne sais pas… Je ne comprends rien à ces prières imprimées…

Elle retourne s'asseoir. Lela réunit les enfants, qui s'installent dans les fauteuils et sur les chaises autour de Dali. Celle-ci plaque ses lunettes contre ses yeux, contemple les pages de la brochure un moment, puis elle la ferme et la met de côté.

– J'ai perdu ma mère quand j'avais votre âge… Exactement votre âge…

Dali regarde Paco et Stella, assis côte à côte.

– Maîtresse, vous aussi, vous avez grandi à l'école des idiots ? demande Levan sur un ton enjoué.

Il cherche visiblement à semer la pagaille. Les enfants pouffent de rire, mais Dali continue paisiblement, comme si de rien n'était :

– Non, c'est ma grand-mère qui m'a élevée.

Elle regarde le plafond plein de toiles d'araignée et se signe.

– Bénies soient son âme et l'âme de ma mère…

Les enfants se signent avec empressement. Certains embrassent la croix suspendue à leur cou.

– Je ne connaissais rien à l'église ni à la prière. J'ai grandi dans un village. Après les maisons, nous avions une église, si l'on peut appeler ainsi ce vieux bâtiment... Son toit s'était effondré et des arbres poussaient à l'intérieur. Il y avait aussi quelques icônes... Je me souviens de ma grand-mère... Ma mère était très jeune. Elle n'avait que vingt et un ans quand elle est morte. Toutes les deux allaient dans cette église. Je les accompagnais. Nous allumions des cierges de cire devant les icônes. La nuit, ma mère me prenait dans son lit et me disait la prière du sommeil... À la mort de ma mère, j'ai continué de dire cette prière avec ma grand-mère. La prière était en vers... Depuis, avant de dormir, je récite toujours cette prière, et je ne crains rien...

Les enfants l'écoutent attentivement. Ils aiment les histoires dans lesquelles le protagoniste n'a pas de mère ou a grandi sans famille. Dali soupire et récite la prière du soir, facile et naïve, aux rimes simples :

C'est l'heure d'aller me coucher.
Le signe de croix va être tracé
Sur moi, pour me protéger.
Neuf icônes et neuf anges,
Seigneur, à toi louanges,
Vont se poser près de moi.
Le méchant ne peut pas
M'attirer dans son piège,
Car saint Georges et la Sainte Croix
Veillent sur moi,
Me protègent.

Elle essuie ses larmes. Vaska est posté près de la porte, son sourire habituel aux lèvres, comme s'il se moquait de l'histoire de Dali.

Le vent se lève d'un coup et la pluie se met à tomber. Elle va enfin rafraîchir la terre brûlante. Tout le monde se réjouit. Les enfants quittent Dali et se précipitent vers les fenêtres grandes ouvertes en tendant leurs mains sous l'averse. L'odeur de l'asphalte mouillé, l'effluve d'un été chaud et apaisé se répandent dans l'air. Irakli est penché à la fenêtre.

– Ika, est-ce qu'il pleut en Amérique ? demande Stella en essayant de se glisser sous son bras.

– Oui. Il y a aussi la pluie et la grêle. Les tempêtes… Tu sais, les tempêtes sont terribles là-bas. Tu n'as pas vu à la télé ? Une maison entière peut s'envoler si un ouragan se déclenche…

– Oh ! Ika, ne va pas là-bas ! dit Stella en mettant sa main devant la bouche.

La nuit, Lela rêve encore qu'elle se trouve à l'orée du verger de poires. Derrière elle, les enfants jouent au foot. Le ballon tombe dans le verger. Elle court le ramasser, mais après un ou deux pas, elle s'enfonce dans la terre molle, imbibée d'eau. Elle s'y enlise soudain à mi-corps. Elle s'agrippe aux racines noueuses. Elle veut crier à l'aide, mais les enfants ne sont plus là. Elle s'enfonce de plus en plus… Elle se réveille.

Au petit matin, elle sort de sa loge et ouvre le portail pour laisser sortir quelques voitures. Puis elle va au réfectoire.

La pièce est vide. Le soleil du matin filtre à travers les vitres et éclaire de ses rayons poussiéreux les tables qui n'ont pas été nettoyées. Il y traîne des miettes de pain et des verres sales.

Lela s'approche du buffet, en sort un morceau de pain, le tartine avec de la confiture de prunes et sort dans la cour en mangeant. Les enseignants ne sont pas encore arrivés. Les enfants ne sont pas réveillés. Le chien est seul à se promener entre les sapins en s'étirant.

Tsitso arrive. Lela lui ouvre le portail. La directrice entre dans la cour. Elle marche maladroitement en faisant claquer les semelles de bois de ses mules à hauts talons.

Lela ferme le portail derrière elle.

– Maîtresse… lui dit-elle l'air de rien, sans la regarder. Je voulais vous dire que… ce mois-ci je ne pourrai pas vous donner l'argent du parking…

Tsitso s'assied sur le banc et se déchausse pour enlever un caillou tombé dans sa chaussure.

Elle plisse les yeux et regarde la jeune fille.

– Pourquoi ? Tu l'as dépensé ?

– J'ai eu beaucoup de frais… pour Irakli… J'aurai l'argent le mois prochain…

Tsitso ne dit rien. Elle fourre son pied enflé dans la mule et se lève.

– J'espère qu'au moins il apprend quelque chose…

Lela hausse les épaules.

– Oui… il apprend.

Tsitso la regarde avec méfiance.

– Ce n'est pas la peine que tu fasses tant d'efforts pour lui… Personne ne s'attend à ce qu'il parle l'anglais couramment. Occupe-toi de ce que tu as à faire… dit Tsitso, un peu vexée. Il va partir, mais toi, tu restes ici. Cette cour est sous ta surveillance. Tu as conscience de ta responsabilité, non ? Tu sais bien que j'ai confiance en toi !

– Oui, je le sais.

Tsitso regarde Lela dans les yeux. Puis elle remet son sac à l'épaule, tourne le dos à la jeune fille sans mot dire et s'engage dans l'allée bordée de sapins, qui mène au bâtiment administratif.

L'après-midi, Marika arrive avec une kyrielle de gros mots. Irakli est surtout impressionné par « bâtard » et « Je vais te tuer ». Lela ne peut pas payer les vingt laris qu'elle doit à la jeune fille. Les cinq laris de la semaine qui commence s'y ajoutent. Marika ne presse pas Lela. Elle accepte sans problème les nouvelles conditions : le mois d'août sera bientôt fini et Lela la réglera en septembre, quand les revenus du parking auront augmenté.

C'est maintenant l'automne. L'internat est animé comme jamais. Tout le monde s'active à balayer la cour, à changer le grillage endommagé… De sa maison de campagne, Tsitso a apporté de la peinture verte, avec laquelle Avto peint le portail. Tsitso a également apporté une peinture bordeaux et la porte d'entrée, qui est couverte de marques et a changé de verrous plus d'une fois, a droit à une nouvelle peau.

L'immeuble principal bénéficie lui aussi de quelques changements. Munie de lessive en poudre et d'une vieille brosse à chaussures, Dali, à genoux, frotte le plancher. Les enfants appliquent une couche de cire. On arrange au mieux le salon avec la télé. Quelques enseignants apportent de chez eux des plantes en pot : misère, aloès, rose… À la demande de la directrice, Avto et Vano sortent dans la cour le seul canapé de l'internat, qui se trouve dans le salon. Les enfants le dépoussièrent à coups de bâton, puis Tsitso le fait installer dans son bureau et le couvre d'un plaid venant de chez elle, sur lequel sont imprimés deux tigres couleur de feu au regard mauvais.

À ces préparatifs s'ajoutent ceux du mariage de Goderdzi, prévu lui aussi pour septembre. À cette occasion, on rénove la porte du réfectoire. C'est aux frais de Venera, tout comme les petits travaux dans la salle elle-même : boucher les trous laissés dans les murs au fil des années par différentes banderoles et photos, les poncer et y passer un coup de blanc. Les traces du passé disparaissent peu à peu. On peint aussi en blanc les encadrements et les rebords des fenêtres. Avto est mécontent : il vaudrait mieux gratter l'ancienne peinture avant d'appliquer la nouvelle, dit-il. Mais Venera veut en finir au plus vite et ne pas tomber dans des dépenses supplémentaires. Elle espère que c'est le dernier mariage de son Goderdzi et qu'elle n'aura plus jamais besoin de rénover le réfectoire.

On suspend des voilages en dentelle aux fenêtres, on répare l'installation électrique, on allume les lumières. Le soir, quand on voit de l'extérieur le bâtiment allongé pareil à un wagon, on peut imaginer qu'un bal s'y déroule et que des gens heureux dansent et se jurent un amour éternel.

Un beau jour de septembre, l'internat reçoit deux invités de marque venus des États-Unis, Deborah et John, les nouveaux parents d'Irakli. Lela ouvre en grand le portail vert. Une Volga GAZ-24 beige entre dans la cour. Quatre personnes en descendent : le couple américain, Madonna et Chalva, le conducteur, un homme trapu et silencieux, aux sourcils épais, qui est semble-t-il un parent de Madonna.

Il faut dire que l'apparition des Américains impressionne moins les habitants du quartier qu'autrefois l'arrivée de Marcel, le jeune Noir. En revanche, elle fait oublier aux élèves comme aux enseignants leur propre existence et leur rappelle qu'un autre monde existe en dehors de la Géorgie, de Tbilissi et de la rue de Kertch.

La rencontre solennelle se tient dans la salle de sport car la salle de réunion, fermée depuis longtemps, est, comme le dit Avto, dans un sale état. On a décoré somptueusement la pièce : on a créé une sorte de scène en couvrant les espaliers de rideaux de velours rouge, pris à la salle de réunion. Le long des trois côtés de cette scène, on a disposé des bancs, qui sont en abondance dans cette salle.

Les enfants entrent prudemment, mais en voyant l'espace métamorphosé, ils s'enhardissent peu à peu. Dans leur imagination, ils associent toujours cet endroit au cercueil de Sergo, leur ami et condisciple, qui avait été placé en plein milieu de la pièce.

Tsitso et Madonna précèdent Deborah et John. Dali les suit en se dandinant, avec son auréole de cheveux rouges ébouriffés. Elle a mis un chemisier blanc pour produire une bonne impression sur les Américains.

La salle résonne du brouhaha des enfants. Quand la délégation entre, ils se taisent.

La voix magique de John carillonne depuis la porte :

– *Hello everybody !*

Les enfants regardent la porte. Au milieu du groupe, John leur fait des grands signes de la main pour les saluer. Les enfants se figent.

John, que les enfants ont vu pour la toute première fois sur la photo que Madonna avait apportée, est un homme de haute taille, ni gros ni maigre. Il a un corps un peu flasque aux hanches larges. Il a un sourire sincère : on dirait que c'est le moment le plus heureux de sa vie. Tout le monde a les yeux fixés sur lui quand il monte sur scène et répète, presque solennellement :

– *Hello everybody ! I hope you're doing well !*

Gulnara applaudit. Les enfants l'imitent. Madonna se tient à côté de John. Un peu irritée, elle lance une remarque à voix basse :

– Cessez d'applaudir ! Qu'y a-t-il à applaudir ? poursuit-elle en regardant Gulnara. Il ne faut pas qu'ils pensent qu'on est complètement dingues ! Ils savent très bien où ils se trouvent, mais inutile d'en rajouter !

Gulnara est froissée. Madonna se tourne vers les enfants.

– Les enfants ! poursuit-elle. John vous demande comment vous allez. Il espère que vous allez bien.

Çà et là, des enfants lâchent timidement : « Bien ! » « Oui ! »

Deborah est à côté de John, pâle, les hanches larges et le torse gracile. Elle arbore un large sourire. Elle se montre bienveillante, charmante, pareille à une fleur en pot. Elle observe Irakli et les enfants ; elle cherche à distribuer son sourire à tout le monde. Lorsqu'elle prend la parole, Madonna fait l'interprète :

– Nous sommes venus ici pour Irakli, mais nous vous considérons tous comme des membres de notre famille. Nous vous souhaitons de devenir des adultes responsables. À notre grand regret, nous ne pouvons adopter qu'un seul enfant, mais sachez que vous avez tous une place dans notre cœur, car vous êtes les frères et les sœurs d'Irakli !

– Ah non, merci ! s'écrie Levan. Il ne manquerait plus que ça !

Les enfants partent d'un éclat de rire hystérique. Deborah est un peu embarrassée. Elle ne comprend rien à ce qui se passe. Elle essaie de rassembler ses idées pour terminer son discours.

– Je sors. Dis à Levan de me suivre, chuchote Tsitso à l'oreille de Lela.

La jeune fille s'exécute. Pendant que Deborah parle et que Madonna la traduit, Tsitso quitte la salle d'un pas ferme. Levan, la tête dans les épaules, la suit. Il traîne des pieds comme un condamné à mort, qui sait qu'il va être fusillé. Mais lui, on l'a souvent fusillé.

Dès qu'ils sont sortis, Tsitso ferme la porte derrière Levan et enfonce ses ongles vernis dans le lobe d'oreille du garçon.

– Pourquoi tu te conduis mal ?

Elle chuchote pour que personne ne l'entende. Le garçon se tortille de douleur et gémit. Tsitso raffermit sa prise et tourne l'oreille comme un robinet.

– Chut ! Que je ne t'entende pas !

Le garçon gémit de plus belle. Tsitso le relâche et il se sauve en courant. Comme une bête féroce, la directrice bondit sur lui et le frappe dans le dos. Sa bague s'est retournée et la gemme heurte les vertèbres du garçon. Levan crie et se jette instinctivement dans l'escalier. Il le monte en sautillant comme un cerf blessé à la jambe, qui jusqu'ici n'a connu que la forêt, mais qui maintenant est contraint d'agir ainsi pour ne pas tomber dans la gueule d'une bête carnassière...

– Crève ! Que ta mère ne te revoie plus vivant !

Levan n'entend pas ces malédictions. Il est déjà dans la cour et il fait les cent pas entre les sapins. Son oreille est en feu. Il aimerait bien pleurer, mais il n'a pas de larmes. Il arpente la cour vide et sent la douleur aiguë quitter peu à peu son corps et sa mémoire. Logée quelque part sous son oreille, la douleur s'écoule et atteint les profondeurs de son être. Un chien traîne dans la cour. Sur la route, un bus vrombit en crachant sa fumée noire. On a l'impression qu'il brûle.

Après la présentation solennelle, on conduit les étrangers dans le bureau de Tsitso. Dali apporte du café turc, préparé dans une bouilloire électrique, et des *prianiks*[1]. Dès qu'Irakli entre, Deborah ouvre les bras.

– Maintenant que nous sommes seuls, je peux enfin t'embrasser !

Deborah et John serrent le garçon sur leur cœur. Dali distribue des tasses de café, mais elle regarde du coin de l'œil le couple embrasser Irakli. Elle en a les larmes aux yeux. Irakli est rouge comme une tomate. Peu importe qu'on lui parle anglais ou géorgien, il ne comprend rien de ce qu'on lui dit. Gêné, il se demande pourquoi Deborah le regarde dans les yeux et lui parle anglais comme s'il était déjà américain. Il en est perturbé : « Ils doivent penser que je comprends leur langue. Ils seront déçus s'ils savent que non. » Madonna lui traduit les paroles de Deborah :

– Irakli, ça faisait longtemps que nous attendions ce jour ! John et moi, nous sommes ravis que tu viennes vivre chez nous… Nous espérons que tu ne vas pas t'ennuyer avec nous… Nos enfants sont déjà grands et vivent de leur côté. Tu seras le seul enfant de la maison. Nous espérons que tu ne vas pas t'ennuyer… Nous avons une grande famille. Nos enfants habitent à proximité. Nous avons même deux petits-enfants…

Deborah rit comme si elle se souvenait de quelque chose de drôle et de réjouissant, et elle continue à parler dans sa langue. Madonna traduit en géorgien pour Irakli qui, en sueur, reste muet.

– Elle dit que vous aurez désormais assez de temps pour parler de tout…

1. Pain d'épice russe.

John adresse un sourire sincère à Irakli et se mêle à la conversation. Madonna traduit sa question :

– Qu'est-ce que tu ressens ? Veux-tu partir avec nous pour voir l'Amérique ?

Irakli acquiesce de la tête.

Tsitso, aidée par Madonna, engage une conversation avec les invités. Deborah et John veulent visiter l'internat de fond en comble. Ils pensent que cela les aidera à comprendre le caractère d'Irakli.

Quand Irakli et Lela sortent du bureau, les enfants les entourent. Ils leur posent des questions sans même savoir ce qu'ils attendent.

Le lendemain, Madonna emmène Deborah et John visiter Tbilissi. Le couple a décidé de prendre Irakli avec lui afin de mieux faire connaissance. Irakli est contrarié. Il voudrait que Lela l'accompagne, mais celle-ci n'a pas été invitée. Les Américains demandent à Lela d'ouvrir le portail quand tout le monde sera au réfectoire avec Dali. Ainsi, personne ne sera déçu quand Chalva sortira la voiture pour conduire en ville les invités américains, Madonna et Irakli.

Le soir, Lela va sur le stade. Il est désert. Il a plu pendant la journée. Les enfants et Dali sont dans le salon. Irakli n'est pas encore rentré. Lela monte l'escalier de secours lentement, étage après étage. Elle s'assied sur la dernière marche et allume une cigarette. Elle est incapable de réfléchir. Les images défilent devant ses yeux : Deborah et John, Irakli aux joues cramoisies, mais aussi Vano… Elle l'attire vers la chambre aux lits, le conduit jusqu'au bord du balcon effondré et le pousse… « J'en aurai fini avant l'hiver, pense Lela. Je m'en occuperai quand Irakli sera parti. »

Elle promène son regard sur le verger de poires et sur la petite cour devant les bains. Un chien traîne là et aboie. Deux laveuses, sorties des bains, causent à voix basse. Leurs voix se dispersent dans l'air doux de septembre. Leurs phrases arrivent par bribes à l'oreille de Lela, comme si les mots couraient les uns après les autres sans parvenir à se rattraper. Une fois que les femmes épuisées, des travailleuses au corps alourdi, ont traversé le stade, Lela les perd de vue.

L'obscurité commence à s'installer. Allongée sur son lit, Lela est plongée dans un profond sommeil. La porte s'ouvre sur Irakli. La jeune fille se réveille. Le garçon s'approche du divan et s'assied avec la légèreté d'une plume.

– Alors, raconte-moi comment ça s'est passé, dit Lela.

Pas de réponse. Elle dévisage le garçon à la lumière de la lune qui filtre par la fenêtre. Il est pâle, comme d'habitude, mais il a une drôle de tête. Son silence aussi est inhabituel.

– Ça ne va pas ?

Irakli reste muet.

– Mais qu'est-ce qui t'arrive ? lui dit-elle en le secouant.

Irakli fait une grimace et cherche à se libérer.

– J'ai mal au ventre... murmure-t-il.

Elle le lâche, se lève, tourne l'ampoule et une lumière jaunâtre éclaire la pièce. Couché en boule sur le lit, Irakli gémit.

– Dis-moi, qu'est-ce que tu as mangé ?

– Des *khinkalis*[1], gémit-il.

Lela réfléchit.

– C'est ça qui t'a fait mal ?

– J'ai mangé aussi des brochettes, du *lobiani*...

– Ce n'était pas bon ?

– Si, c'était bon, gémit-il encore.

– Tu as trop mangé ?

– Oui... dit-il et il éclate en sanglots. J'ai envie de vomir...

Irakli se recroqueville dans le lit en geignant.

– Je vais vomir...

– Il y a quelque chose que tu n'arrives pas à digérer. Viens, il faut dégueuler.

Elle l'aide à se lever.

Tous deux entrent dans le bâtiment principal. Elle l'emmène dans les toilettes du rez-de-chaussée, au bout du couloir. La puanteur agit instantanément : Irakli vide d'un trait son estomac et envoie aux égouts tous les plaisirs de la cuisine géorgienne. Les yeux pleins de larmes, la goutte au nez, la gorge en feu, il approche son visage du robinet. Lela tourne le robinet, l'eau sort à gros bouillons et les asperge. Le garçon, tremblant, se lave le visage.

1. Raviolis géorgiens, farcis à la viande hachée de porc ou de bœuf.

– Je n'en ai même pas profité, dit Irakli en quittant le bâtiment.

– Eh, mec ! Dans deux jours tu seras en Amérique ! Arrête de chialer pour ces deux *khinkalis* !

Khatouna, une jeune stagiaire venue de Roustavi, sort du côté du réfectoire. Elle a appris qu'Irakli n'allait pas bien et elle lui apporte du thé.

– Non, je n'en veux pas...

Irakli agite les mains comme si le thé lui donnait la nausée.

– Tu veux te coucher chez moi ou là-haut, dans la chambre ? demande Lela.

– Chez toi, répond Irakli.

Lela l'emmène dans sa loge. Khatouna les suit, pose la tasse de thé sur la table et met la main sur le front d'Irakli, allongé sur le lit.

– Dors et ça va passer, lui dit-elle, un peu troublée. Est-ce que j'appelle Tsitso ou Dali ? demande-t-elle à Lela.

– Non, ça va passer, répond la jeune fille. C'est un trop-plein... Son estomac n'est pas habitué à une aussi bonne nourriture...

Elle rit. Khatouna aussi. Irakli, enveloppé dans la couette, se pelotonne contre le mur. Khatouna parcourt du regard la pièce minuscule.

– Et toi ? Où tu vas dormir ? demande-t-elle à Lela.

– Je vais m'asseoir ici. Je vais le supporter encore deux jours et après, ouste ! En Amérique !

Elle saisit Irakli par les épaules et le secoue. Irakli grogne.

Khatouna part. Lela éteint la lumière et se couche sur le lit, aux pieds d'Irakli. Rien ne trouble le silence. Les yeux de Lela s'habituent à l'obscurité. Chaque objet de la petite pièce ressemble maintenant à un être vivant émergeant des ténèbres. Le cendrier de cristal laissé par Tariel brille au clair de lune. Le petit miroir se dessine sur le mur. Plantée dans un coin, la croix jette une ombre menaçante. Irakli a une respiration irrégulière. Lela se rend compte qu'il ne dort pas. Elle lui donne un léger coup de pied.

– Hé... raconte-moi où vous êtes allés...

Il remue, se met sur le dos comme s'il s'apprêtait à tout raconter, mais il reste muet. Il pousse juste un soupir, accompagné d'une exclamation de douleur.

– J'espère que t'as pas vomi ta langue !

Lela cherche du pied le visage d'Irakli.

– Lâche-moi !

Une sorte de râle sort de sa gorge : il n'a presque pas de voix.

– Où êtes-vous allés ? insiste-t-elle.

– Nous avons visité des choses…

– Vous êtes allés au restaurant ?

– Oui.

– Qu'avez-vous mangé ?

Irakli ouvre la bouche pour répondre, mais il change d'avis.

– Ne me parle pas de nourriture… Je t'en prie…

– Bon. Dis-moi ce que vous avez vu.

– Nous avons visité Tbilissi. Après nous sommes allés à Mtskheta.

– C'est loin ?

– Oui.

– Et encore ? Dis-moi… Tu as parlé en anglais ?

– Oui… Je disais « *Ok* » et « *No* ».

Le silence retombe.

– À Mtskheta, on a vu une église et des prêtres. Nous sommes entrés… Avant, nous avons vu des monuments… Il y avait un homme sur un cheval, une épée à la main.

– Une statue ?

– Oui. L'homme était assis sur un énorme cheval. J'ai regardé d'en bas. Il avait des couilles.

Lela rit.

– Qui, l'homme ou le cheval ?

– Le cheval.

– Est-ce qu'il avait une pine ?

– Je sais pas.

– Tu as aimé Mtskheta ?

– Oui.

– Combien de *khinkalis* as-tu mangé ?

– Arrête ! Ça me donne envie de vomir !

– Bon…

Lela sort de sa poche un paquet de cigarettes et en prend une.

– Et les Américains, qu'est-ce qu'ils ont dit ?

– Je ne sais pas… Rien.

Lela se lève, sort dans la cour et allume sa cigarette.

Irma, la mariée, déçoit les voisines. Elle ne sourit pas comme Manana, la première belle-fille de Venera, ne roule pas des hanches comme elle… À la différence de Manana, elle ne donne pas non plus l'impression d'être une sacrée baiseuse. On aurait sans doute du mal à trouver quelque chose de blâmable dans son passé. Cette honnêteté rend tout le monde morose.

Goderdzi est content. Son visage est en feu et un peu bouffi, sans doute parce qu'il s'est rasé de si près qu'on dirait qu'il n'a jamais connu la barbe.

Quant au *tamada*, il est difficile de dire s'il représente la famille de la mariée ou celle du marié. C'est un homme de petite taille, au visage rouge et fier, à l'air un peu offensé, sans doute habitué aux menues vexations à cause de sa taille. En dirigeant la table, il glisse des plaisanteries du genre : « Levons-nous, mes amis !… À vrai dire, que je sois debout ou assis, ça ne change rien ! » En l'entendant, un ou deux types, rebondis comme des ours, rient joyeusement. Le petit homme, muni d'une grande corne à boire, au cœur sur la main et à la voix nasillarde, suscite beaucoup de sympathie chez les convives.

Le cousin de Goderdzi, celui au pistolet à la ceinture, est là aussi. Il ne semble pas de bonne humeur. À vrai dire, tous les convives sont un peu maussades. Manana leur manque. Logiquement, une femme comme elle n'aurait pas dû épouser Goderdzi, mais elle l'avait fait, ce qui avait transformé le premier mariage en un spectacle inoubliable.

Irma est assise à côté de son époux. Vêtue d'une simple robe blanche en satin, un timide sourire aux lèvres, elle semble plus embarrassée qu'heureuse. Sa mère ne s'assied pas : elle continue à aider les voisines et les cuisinières, bien que Venera et les autres femmes l'aient invitée à prendre place à table. En la regardant, on pressent ce que deviendra sa fille : après le banquet, Irma suivra Goderdzi et Venera chez eux, enlèvera sa robe de mariée cousue en hâte, s'attellera au joug domestique et s'échinera avec la persévérance d'une mule. Et cela jusqu'à son dernier souffle.

Dans un coin du réfectoire, une table a été dressée pour les enfants. John et Deborah, accueillis comme invités d'honneur, bénéficient des meilleures places, celles d'où l'on voit le mieux les mariés. Mais ils renoncent à ces places et s'installent à la table des enfants. Les cheveux en bataille, Dali, qui vient de saisir un morceau de poisson avec les doigts, en est tout intimidée. Assise à côté d'invités si honorables, elle perd l'appétit. Madonna rejoint le couple et se met à manger avec une telle voracité que Dali en est étonnée : comment cette femme peut-elle manger de si bon cœur en présence des Américains et, en plus, parler dans une langue étrangère ? Cela rend Madonna plus respectable à ses yeux. Parmi les convives, il y a encore Tsitso, avec sa cadette, une fillette de onze ans pâle et frêle, aux dents cariées et au visage craintif. Elle reste collée à sa mère et ne parle à personne.

– Mange quelque chose, ma chérie ! Tout a été préparé proprement. Viens, assieds-toi ici !

La directrice fait asseoir sa fille à côté d'elle. Mais l'enfant serre les lèvres et secoue la tête en signe de refus. Puis elle se frotte le visage et le front contre le bras de sa mère comme pour y chercher refuge.

Bientôt, des joueurs de *doudouk*[1] arrivent sur la scène. Le tambour bat un rythme de danse. Quelques jeunes femmes audacieuses, vêtues de robes de fête, se pavanent et se mettent à danser en rond. Un jeune homme saute sur la piste, les bras en croix, et fait le tour des femmes en dansant. Puis il se place au milieu d'elles et disperse les jeunes femmes regroupées comme des poules. Deborah et John, fascinés, contemplent ce spectacle. John a les larmes aux yeux. Tous deux sont heureux, mais en même temps ils se sentent coupables d'arracher Irakli, l'enfant qu'ils ont choisi, à ce pays merveilleux pour l'emmener dans l'Amérique lointaine. Là-bas, personne ne danse jamais avec une telle ardeur lors des mariages.

1. Instrument à vent proche du hautbois.

9

Le jour où Irakli doit faire ses adieux à l'internat est arrivé.

Avant de quitter sa loge, Lela se signe devant la croix accrochée au miroir.

Irakli attend devant le portail avec sa petite valise noire, offerte par Deborah. Le couple lui a donné aussi une petite pochette en tissu avec le logo d'une compagnie aérienne. Suspendue à son cou, elle contient son passeport.

Les enfants se réunissent au grand complet devant le portail.

Irakli ouvre son passeport tout neuf et se met à le feuilleter. Les enfants regardent attentivement les pages vides. Sur l'une figure la photo d'Irakli, avec le visa pour les États-Unis. Il permet à Stella de voir son passeport de plus près. La fillette examine le visa, puis la photo d'Irakli sur la dernière page. Levan essaie soudain de lui arracher le document. La fillette l'écarte et pousse un hurlement monstrueux. Les veines de sa gorge se gonflent et elle roule des yeux furibonds.

– Tu vas le déchirer ! crie-t-elle.

Son visage fin rougit. Elle lève le bras et, les yeux écarquillés, elle regarde les enfants. Elle cherche Irakli du regard, pour lui demander de l'aide.

Irakli voit Stella éperdue et lui dit d'une voix calme :

– Donne-le-lui.

Son ton traduit plus la confiance qu'un ordre.

Stella se calme et, bien que la brutalité de Levan l'ait fâchée, elle lui tend le passeport. Levan ouvre délicatement le petit livret bordeaux et le contemple avec dévotion, comme si c'était une lettre d'amour.

La voix de Dali retentit :

– Irakli, on te souhaite plein de bonnes choses !

Les enfants aperçoivent les adultes, Deborah et John, Dali, Madonna et Tsitso, qui viennent vers eux. Levan rend le passeport et demande à Irakli de lui acheter une voiture et un pistolet en Amérique. Éclats de rire des enfants.

Stella étreint Irakli. Vaska ne sourit plus ; il s'approche d'Irakli et les deux garçons se serrent la main comme s'ils faisaient un concours de bras de fer.

C'est maintenant au tour de Dali d'embrasser Irakli.

– On n'a jamais laissé personne partir aussi loin, sanglote-t-elle.

– Si, si… intervient Levan. Nous avons laissé Sergo partir très loin. Dieu le bénisse !

– Tais-toi ! dit Dali, effrayée.

À côté d'eux, Tsitso s'entretient avec Madonna. Visiblement, elles parlent affaires. En entendant Levan, Tsitso lui lance un regard noir.

– Je vais m'occuper de toi !

John prend une photo de tous les enfants, avec Irakli au centre. Tous veulent se mettre à côté de lui, pour être sûrs de figurer sur l'image.

Marika arrive. Elle revient de vacances toute bronzée. Elle porte une courte robe sans manches, jaune, parsemée de petites fleurs bleues. Ses cheveux tombent sur ses épaules hâlées. Le soleil d'été a disséminé sur son visage encore plus de taches de rousseur. Levan reste médusé en la voyant si légèrement vêtue et si souriante.

Marika apporte un cadeau à Irakli : un petit dictionnaire anglais.

– *Dictionary !* dit Irakli en souriant.

Marika sourit également.

Chalva fait démarrer la voiture. Le soleil brille. Zaïra, l'air affairé, traverse rapidement la rue de Kertch et fait signe à la voiture. Elle apporte de son magasin un sac rempli de friandises qu'elle distribue aux enfants, puis elle serre Irakli contre sa poitrine.

– Irakli, ne nous oublie pas !

Témour, le mari de Tsitso, arrive dans sa voiture blanche, de marque étrangère. C'est un homme maigre, chauve, au nez camus, au sourire franc. Vu son teint maladif, il doit être un gros fumeur. À tout instant, il approche la main de sa bouche et tousse. Ses épaules en sont toutes secouées.

Tsitso invite ceux qui partent à monter en voiture. Madonna, John et Deborah prennent place dans l'automobile de Chalva, tandis que Lela, Irakli et Tsitso voyagent avec Témour. Une fois les voitures parties, Dali reste de nouveau seule devant le portail avec ses filleuls. Les enfants agitent les mains en signe d'adieu.

Irakli baisse la vitre et expose son visage au vent. Tsitso et Témour, assis devant, se parlent, mais le bruit de la voiture ne permet pas d'entendre ce qu'ils disent. Lela, elle aussi, regarde par la fenêtre. Elle imagine que c'est elle qui part pour l'Amérique et quitte ces lieux à jamais. L'internat, Dali, les enfants, tous les enseignants – Avto, Gulnara, Vano, Tsitso –, Khatouna la stagiaire, Zaïra avec son magasin de l'autre côté de la rue, l'immeuble voisin, Marika, Koba, Goderdzi avec sa nouvelle femme… La voiture quitte la rue de Kertch. Lela a l'impression de faire ses adieux pour toujours à son ancienne vie.

Irakli a des habits propres : une chemise bleu foncé, boutonnée jusqu'en haut, un jean avec une ceinture rouge élastique et des baskets qu'on a sorties du sac apporté par John et Deborah. Silencieux, il a l'air content, calme, comme s'il avait grandi d'un coup.

Parfois, quand la voiture passe devant un immeuble, il dit :

– Je l'ai déjà vu !

Lela jette un regard indifférent sur les bâtiments bordant la rue, sur les magasins et les échoppes, sur les passants qui s'éloignent vite de sa vue et restent quelque part en arrière. « En rentrant de l'aéroport, je vais tuer Vano, pense-t-elle. Après je partirai d'ici et je vivrai hors de l'internat, comme les autres. »

Lela s'imagine dans la rue. Elle demande aux passants où est la rue Mardjanichvili. Elle finit par trouver Yana, qui l'emmène dans son studio. « Si on m'arrête, pense-t-elle, on me libérera vite. On m'enverra peut-être dans un asile de fous. » Yana est toujours la même, une petite fille. Elle a toujours l'âge qu'elle avait au moment où elle a quitté l'internat. Elle n'a pas grandi. Elle porte toujours la même chemise à carreaux, boutonnée jusqu'au cou. Elle a toujours les lèvres serrées, ce qui lui donne un air sévère. Lela lui propose de faire un tour pour fouiller toutes les poubelles de la rue Mardjanichvili. Yana sourit. Son appartement ressemble à celui de Mzia, la voisine. Dans l'entrée, une coiffeuse surmontée d'un miroir à trois faces et d'un téléphone, identique à celui de Mzia. Comme Mzia, Yana porte un tablier et une odeur de pâte chaude se répand dans l'appartement. « Suis-moi », dit Yana, l'air sérieux, les lèvres serrées. Les deux filles quittent l'appartement et se retrouvent dans la rue. Elles ont à faire. Lela nage dans le bonheur. Ses pieds ne touchent pas terre.

Lela se rappelle soudain qu'Irakli part pour l'Amérique. Elle en oublie Yana.

Une fois à l'aéroport, à peine descendu de voiture, Irakli dit à Lela qu'il a mal à la tête et mal au cœur. Ils comprennent tous les deux que ça tombe vraiment mal.

Après l'enregistrement, John invite tout le monde dans un café de l'aéroport. Le serveur, des poches sous les yeux et l'air revêche, rapproche deux tables et pose les menus comme s'il présentait déjà l'addition.

Il apporte du café, des jus de fruits, des gâteaux et des sandwichs. Témour ne s'assied pas avec eux. Il a croisé l'une de ses connaissances et s'est mis à l'écart pour discuter. Chalva refuse lui aussi de s'asseoir ; il fait les cent pas à proximité.

– Alors, t'es content ? demande Lela.

Irakli grignote un gâteau à la crème sans aucun entrain.

– Non, répond-il à voix basse.

– Tu déconnes ! dit Lela en riant, et elle lui assène un coup sur la nuque.

Irakli enfonce son nez dans la crème. Madonna et Tsitso rient de bon cœur. John jette sur Lela un regard hostile, comme un père dont on maltraite le fils.

Tout le monde se réunit ensuite devant l'escalator. John et Deborah embrassent chaleureusement Tsitso et Lela, et donnent une vigoureuse poignée de main à Témour et Chalva, comme s'ils regrettaient de ne pas être assez proches pour leur donner une accolade. Tsitso serre Irakli sur son cœur et cherche à prolonger ce moment, attendant que les larmes jaillissent de ses yeux. Puis Madonna étreint chaleureusement le garçon. Elle semble très fatiguée. Témour tapote l'épaule d'Irakli et lui adresse un sourire sincère avec gentillesse.

– Courage, mon garçon ! dit-il.

Irakli et Lela s'enlacent, rapidement, sans larmes ni mots.

John prend l'escalier roulant avec sa petite valise noire à roulettes. En montant, il dispense son sourire franc à tous ceux qui restent et agite la main en signe d'adieu. Deborah et Irakli le suivent.

Ils sont presque arrivés en haut de l'escalier mécanique quand soudain Irakli contourne Deborah et se met à descendre rapidement à contresens, gênant les autres voyageurs. Il fait tomber au passage le sac d'une jeune femme.

– John ! John !... Irakli ! Irakli ! crie Deborah affolée.

Impuissante, elle reste figée sur place ; elle suit des yeux Irakli se faufilant entre les nouveaux voyageurs qui montent. Arrivé en bas, il contourne les accompagnateurs abasourdis et se dirige résolument et à grands pas dans une direction déterminée.

– Il doit avoir envie de vomir, dit Lela, et elle le suit.

Tsitso et Madonna sont interdites. Le couple américain reprend l'escalier roulant pour descendre du premier étage de l'aéroport international de Tbilissi. Au pied de l'escalator, Tsitso, Madonna et Témour les accueillent. John montre le visage empourpré d'un homme offensé. Deborah est pâle, un peu décoiffée.

– Il doit être aux toilettes, dit Tsitso. Il avait la nausée. C'est sûrement dû à l'inquiétude...

Madonna fait l'interprète et ajoute d'elle-même beaucoup d'explications, sans doute pour les rassurer.

Ils se sentent tous perdus.

– Mettons-nous sur le côté, dit Témour. Nous bloquons le passage.

Chalva apparaît à ce moment-là et parle pour la première fois de la journée. Comme si le moment était venu où cet homme trapu devait dévoiler son âme chevaleresque.

– Je vais aller le chercher.

Il hausse ses sourcils épais qui se rejoignent au-dessus du nez, remonte son pantalon et s'engouffre sans se presser dans la foule bigarrée de l'aéroport.

Lela trouve le fugitif à l'entrée des toilettes. Il est planté là, comme s'il n'avait aucun but, comme si on l'avait privé de mémoire et qu'il ne savait plus qui il était, ce qu'il faisait ni pourquoi il se trouvait ici.

– Ça va pas, non ?

Irakli ne répond pas.

– T'as vomi ?

– Non.

– Alors, pourquoi tu t'es enfui ? Ils étaient paniqués. On dirait que tu veux emmerder tout le monde… T'as compris ?

Lela pousse Irakli, le plaque contre le mur et le regarde dans le blanc des yeux.

– Allez, bouge tes fesses. Et tout à l'heure, quand tu seras retourné auprès d'eux, dis à ces gens, peu importe qu'ils soient tes parents ou non, « *I am sorry* ». C'est compris ?

Irakli garde le silence.

– Tu m'écoutes, oui ou non ? Va vomir maintenant ou sors d'ici !

– Je ne veux pas partir ! Je ne veux pas aller en Amérique ! dit Irakli, et son visage grimace sous l'effet de l'amertume accumulée de longue date.

Ses larmes ne coulent pas, elles ont dû se coincer dans sa gorge et se transformer en vinaigre.

Lela lève la main et le gifle violemment, en plein visage. Irakli se rencogne contre le mur puis tombe à genoux et se met à sangloter. John, surgi de nulle part, saisit Lela par le bras et la fait pivoter brutalement vers lui. Elle le regarde sans comprendre. John est entièrement métamorphosé. Son sourire sincère et son visage doux ont disparu. Il secoue la jeune fille et crie en anglais, furieux.

– Qu'est-ce qu'il me veut ? se demande Lela, et elle promène son regard sur les gens attroupés autour d'elle.

Parmi eux, Madonna cherche à calmer l'Américain. Il lâche Lela et, indigné, commence à expliquer à l'interprète que Lela a giflé Irakli… Puis il s'approche de Tsitso avec colère et pointe sur elle un index accusateur. Le visage de Tsitso est couvert de taches rouges et elle ne sait pas quoi dire. Elle tord bizarrement son cou, avance son double menton et, à bout de patience, lâche en géorgien :

– Je vous avais bien dit qu'il ne fallait pas choisir un grand bêta comme ça ! Vous ne m'avez pas écoutée !

Deborah s'approche d'Irakli qui est assis par terre, la tête entre les genoux.

– Irakli !

Deborah touche délicatement le bras du garçon et s'agenouille à grand-peine. Elle fait signe à Madonna qui se précipite, mais ne peut elle-même s'agenouiller à cause de sa corpulence. Elle reste donc debout et joue son rôle d'interprète en les surplombant.

– Irakli, Deborah te demande ce qui t'arrive... Ne sois pas gêné si tu as envie de vomir. Va aux toilettes et fais ce que tu dois faire... Tu viendras te reposer ensuite... Si tu veux, on peut aller prendre l'air. Lela t'accompagnera. On a encore du temps...

Irakli lève la tête et braque ses yeux rougis de larmes sur Deborah.

– Je ne veux pas aller en Amérique ! Je ne veux pas aller en Amérique ! crie-t-il.

Madonna reste médusée. Deborah regarde Madonna et, le menton tremblant, attend qu'elle traduise ces mots.

– *What did he say ? What did he say about America ?*

– *Nothing !* répond Madonna sans hésiter.

Et elle s'adresse à Irakli en hurlant :

– Irakli, ne me couvre pas de honte devant ces gens... Tais-toi, lève-toi et suis cette femme. On ne te demande que ça ! Il suffit que tu entres dans l'avion. Quand tu vas en sortir, tu seras déjà ailleurs... Irakli, tu auras une belle vie... Tu auras tout... Mais si tu résistes, ils ne te prendront pas avec eux.

Irakli se lève d'un coup, arrache la pochette suspendue à son cou contenant son passeport et la jette par terre comme s'il sortait un joker. Puis il s'éloigne sans un mot.

Deborah cherche de nouveau à comprendre la situation.

– *What did he say ? He doesn't want to come with us ?*

Témour aide Deborah, en larmes, à se relever.

– Calmez-vous, madame, lui dit-il.

Tsitso a l'impression qu'il caresse la main blanche et potelée de la femme. Elle s'approche de Deborah d'un pas martial, lui prend le bras et l'éloigne en faisant à son mari des yeux furibonds.

– Deborah, tout va s'arranger, dit-elle en géorgien. Ne t'inquiète pas... C'est un enfant. Il n'est pas raisonnable. Il ne sait rien de l'Amérique...

Sans que Deborah la voie, elle avance la mâchoire, grince des dents, brandit son poing fermé devant le nez de son mari et roule une fois encore des yeux furieux vers lui. Témour, comme s'il avait été pris en flagrant délit, tressaille et se range maladroitement de côté. Il est pris d'une quinte de toux sonore et, les épaules voûtées, il tousse longtemps dans sa main.

Irakli marche au hasard. Lela, Madonna, Tsitso et Deborah veulent le suivre, mais John jaillit devant elles et leur barre la route d'un geste expressif. Ses fins cheveux électriques se dressent sur sa tête.

– *Let me do it !*

Et il suit le fuyard d'un pas ferme.

– Irakli !

John rattrape le garçon et le prend doucement par le coude. Irakli se dégage.

– Irakli... *We can do it the way you want. If you do not want to come with us, it's ok. We won't be angry. It's up to you.*

Bien qu'à bout de forces, Madonna court après John en se frayant un passage au milieu du groupe de sportifs qui vient d'arriver. En même temps, elle cherche à parler assez fort pour se faire entendre d'Irakli et accomplir sa mission d'interprète, malgré ces conditions extrêmement difficiles.

– Irakli, comme tu veux... Ils disent que si tu ne veux pas partir avec eux, ils ne seront pas en colère ! Comme tu voudras !

John attrape de nouveau Irakli par le coude pour que le garçon se tourne vers lui. Irakli voit alors le John d'avant, avec son large sourire et son visage bienveillant. Seuls ses cheveux restent dressés sur sa tête.

– *Feck you, bastart ! I kill you ! I kill you !* crie Irakli, et il se libère de la main sans force de John.

Le sourire se fige sur le visage bienveillant de l'Américain. Il se demande s'il a bien entendu. Les autres arrivent. Témour, qui a récupéré, vient à l'avant-garde, suivi de Madonna, Tsitso et Deborah. Irakli reste à l'écart, comme s'il se trouvait devant des chiens méchants et qu'il était plus sûr de leur faire face que de s'enfuir.

– *Feck you, old bastart ! I kill you ! I kill you ! Don't touch me !* crie-t-il à John.

Dieu sait pourquoi, Lela se rappelle Irakli en train de sauter dans la chambre aux lits pendant la pluie d'été.

Deborah s'évanouit. Témour, qui lui vient en aide, s'écroule avec elle et se retrouve par terre, sous cette femme plantureuse. À cette vue, Tsitso manque de se trouver mal et doit faire un effort pour ne pas tomber. John, la tête à l'envers, tout pâle, se précipite vers Deborah.

– Deborah ! Deborah !

Chalva et Madonna essaient de relever Deborah. Témour, écrasé sous le poids de la femme, bat lamentablement des mains et des pieds... On réussit enfin à faire asseoir Deborah par terre. Une femme d'âge moyen accourt avec une bouteille d'eau, s'agenouille à côté de l'Américaine et lui masse le front et les oreilles de ses mains calleuses.

– C'est une étrangère ? demande-t-elle calmement avec son accent de Kakhétie.

Deborah ouvre les yeux et la femme lui donne de l'eau.

– Mon Dieu ! Mon Dieu !... soupire Madonna. Oui, c'est une étrangère.

– Elle doit être fatiguée, dit la femme. Emmenez-la dehors... Il lui faut de l'air frais...

Un homme d'un certain âge, probablement le mari de cette femme, intervient :

– Où trouve-t-on de l'air frais aujourd'hui ? Si vous voulez de l'air frais, il faut aller à Kardenakhi[1]... Vous lui avez sûrement fait boire beaucoup de vin et elle ne l'a pas supporté.

On porte Deborah, qui a repris connaissance, jusqu'à la salle d'attente, et on l'allonge sur des chaises.

– Soulevez-lui les jambes ! enjoint Témour qui s'active.

Mais il croise le regard perçant de Tsitso et se tait.

John prend la main de sa femme et lui chuchote à l'oreille.

Lela contemple la scène. Irakli est toujours immobile, étonné d'avoir pu disperser si facilement les molosses réunis autour de lui. Tout le monde s'affaire autour de Deborah et cherche à la calmer. Les gens vont et viennent dans l'aéroport ; ils ressemblent à des animaux d'une autre espèce, qui n'ont aucune intention de mordre le garçon.

Bientôt, le haut-parleur diffuse l'annonce qui invite John et Deborah Sheriff, ainsi qu'Irakli Tskhadadzé, à se présenter à la porte d'embarquement. John aide Deborah à se lever et le

1. Village de la région de Kakhétie, en Géorgie de l'Est.

couple se dirige vers l'escalier mécanique, sans Irakli. Tsitso, Témour, Chalva et Madonna les suivent en hâte. Madonna s'excuse en anglais, Tsitso en géorgien, Témour utilise le russe et accompagne Deborah d'un regard mélancolique...

John s'arrête au pied de l'escalator pour faire ses adieux à ses hôtes, cette fois-ci verbalement, sans accolade ni serrement de main. Il s'excuse auprès de Tsitso et de Madonna, disant qu'il aurait été préférable qu'ils passent plus de temps en Géorgie pour se rapprocher d'Irakli... Mais c'est sans doute mieux comme ça pour les deux parties.

Tsitso se sent tirée par la main. Elle se retourne : c'est Lela.

– Nous partons... Nous nous débrouillerons pour revenir à l'internat...

Lela regarde John et Deborah, muets, plantés devant l'escalier roulant. Ils ressemblent à deux oiseaux recroquevillés, perchés sur un fil électrique par temps brumeux. Avec une sincérité inattendue, elle s'écrie :

– *Goodbye John ! Goodbye Deborah !*

Lela et Irakli sortent de l'aéroport. Les chauffeurs de taxi accostent les voyageurs pour leur rappeler qu'ils existent.

Lela et Irakli montent dans un taxi.

– Avez-vous des bagages ?

– Non, répond Lela. Nous allons rue de Kertch.

Le chauffeur regarde Lela avec méfiance.

– C'est où ? À Gldani ?

– Oui.

– Ça sera quinze laris.

– On sait. On vous paiera.

– Très bien.

La voiture quitte l'aéroport.

Les deux enfants demeurent silencieux. Lela ne regarde pas Irakli, mais elle a l'impression qu'il pleure. Le chauffeur a mis de la musique : des voix plaintives, nasillardes et fortes interprètent des chansons d'amour qui reprennent des thèmes folkloriques. Irakli et Lela en sont tout étourdis. Il se penche vers elle pour lui parler et il doit crier pour se faire comprendre.

– Est-ce que l'avion a emporté ma valise ?

La question d'Irakli agace Lela.

– Je n'en sais rien. Je n'en ai rien à foutre de toi et de ta valise !

Irakli se tait. Il tourne son visage pâle vers la fenêtre pour abandonner aux arbres qui bordent la rue et s'éloignent aussitôt cette injure, sa colère, sa valise et toute l'Amérique qu'il ne verra jamais…

Lela fait arrêter le taxi avant d'arriver rue de Kertch, loin de l'internat, devant un petit magasin.

– Pardon. Arrêtez-vous ici, s'il vous plaît. Le garçon a mal au cœur. Je vais lui acheter un chewing-gum.

L'homme arrête la voiture.

– Attends-moi ici, je vais te chercher un chewing-gum ! dit Lela.

Irakli devine son intention.

Le chauffeur stoppe le moteur et, pour ne pas perdre deux ou trois minutes à attendre, il prend un chiffon et se met à astiquer le pare-brise.

Irakli s'agrippe à la poignée de la portière. Le cœur battant, il épie la nuque du conducteur, ses larges épaules, ses grandes mains rugueuses… L'homme plie le chiffon et se penche pour le remettre à sa place. Irakli ouvre la portière…

Lela et Irakli prennent leurs jambes à leur cou, sans se retourner. Quand ils retrouvent leur souffle, ils sont déjà loin. Le chauffeur de taxi n'est pas là. Les a-t-il poursuivis ? Ils n'en savent rien.

Lela s'approche des magasins alignés le long de la rue pour acheter un coca.

Ils poursuivent leur chemin à pied.

– Est-ce que Tsitso va me battre ? demande Irakli.

– Non, elle ne pourra pas, répond Lela.

– Et toi ? Tu vas me battre ?

Lela lui tend le coca.

– Tu mérites qu'on te casse la figure, mais est-ce que ça t'apprendra ?

Le garçon porte la bouteille à ses lèvres ; assoiffé, il boit à grandes gorgées et lance la bouteille vide sur le bas-côté poussiéreux.

Lela s'arrête à un carrefour.

– Tu sais où nous sommes ? lui demande-t-elle.

Irakli hausse les épaules.

– Près du cimetière.

– Lequel, celui de Sergo ?

– Non, de ma grand-mère Chouchana ! Mais oui, bien sûr, de Sergo !

Lela prend le chemin du cimetière.

– Viens, on va voir sa tombe.

Ils achètent pour vingt tetris[1] un modeste bouquet de fleurs des champs jaunes et fanées à une vieille femme qui ressemble à ses fleurs. Elle a un petit visage délicat, tout ridé et, sur les cheveux, un foulard à fleurs jaunes. Elle se tient maladroitement au milieu du chemin et offre aux passants sa cueillette automnale.

Lela demande sa route aux passants et comprend à peu près la direction à prendre. Mais plus ils se rapprochent du cimetière, plus ils ont du mal à trouver l'entrée. Apparemment, le cimetière en a plusieurs et les passants leur indiquent tantôt l'une, tantôt l'autre. Les enfants dépassent plusieurs entrées, mais ils ne retrouvent pas celle qu'ils connaissent et qui leur permettrait d'accéder à la tombe de Sergo. Ils continuent leurs recherches.

Irakli, fatigué, traîne des pieds en serrant le bouquet dans sa main moite. Lela aborde un passant d'un certain âge.

– Excusez-moi…

L'homme ne réagit pas. Puis, quand il comprend qu'on s'est adressé à lui, il s'arrête, revient sur ses pas et se dirige vers eux avec empressement.

– Je crois qu'il y a un cimetière par ici, dit Lela.

– Un cimetière ? Oui, il y en a un. Vous pouvez y accéder par ce chemin… répond l'homme calmement, d'un ton sérieux.

Il a perdu toutes ses dents mais cela ne l'empêche pas d'indiquer le chemin avec assurance. Il doit appartenir à cette catégorie d'hommes qui boivent à plein gosier mais qui peuvent parfois être sobres, comme il l'est alors, plongé dans des pensées noires et résigné à son sort.

– Non, non, le coupe Lela. Nous avons déjà essayé ce chemin, mais nous sommes revenus sur nos pas. Nous cherchons une autre entrée. Nous y sommes déjà allés une fois… Il y a un immeuble là-bas. Une moitié est brûlée et en ruine, et l'autre moitié est habitée. Il est penché, en partie enfoncé dans le sol…

1. Centième du lari.

– Ah, le Titanic ! dit l'homme.

Il se réjouit d'avoir une indication si précise et hoche la tête comme s'ils se connaissaient.

– Allez par là. Vous allez dépasser ces deux immeubles et arriver à un chemin en mauvais état. Là, vous trouverez des taxis. N'allez pas jusque-là. Dès que vous arriverez sur le mauvais chemin, tournez et, un peu plus haut, vous tomberez sur une grande flaque d'eau, contournez-la et entrez dans la cour de l'immeuble. Le Titanic est juste là.

– Merci, dit Lela.

– Merci, répète Irakli.

Ils montent sur la colline. Lela examine les pierres tombales.

– Ils n'ont pas posé de plaque sur la tombe de Sergo, dit-elle. Je me rappelle qu'à côté il y a la tombe d'une certaine Neli ou Nazi Aïvazova. Cherchons-la.

Le soir tombe. Les derniers visiteurs quittent le cimetière à pas lents. Lela et Irakli marchent, marchent, sans trouver la tombe de Sergo, ni celle de Neli ou Nazi Aïvazova.

– Je me rappelle qu'il y avait le portrait d'une femme sur une pierre noire, dit Lela. Elle souriait et ressemblait à Dali.

Épuisés, ils s'asseyent sur la tombe d'un certain Chota Khatchapouridzé. Visiblement personne ne lui a rendu visite depuis longtemps. La clôture de fer, qui monte jusqu'aux genoux, est penchée et rouillée. La tombe est couverte de mauvaises herbes. Seules une table et des chaises de fer, fixées au béton de la tombe, sont intactes. Lela regarde l'immeuble d'en face. Une ou deux fenêtres s'allument dans la moitié toujours debout.

– Lela… dit Irakli, alors ma mère ne viendra jamais, puisque Tsitso m'a laissé partir pour l'Amérique… Qu'en penses-tu ?

Lela se souvient de la mère d'Irakli, Inga, et de ce qu'a dit la vieille Grecque : « *Inga does not live here anymore* » ; elle a l'impression que cela s'est passé très longtemps auparavant.

– Tout est possible… On ne sait jamais… répond Lela.

– Ah, tu crois ?

Irakli a l'air étonné. Inconsciemment, ses yeux se fixent sur la plaque tombale d'une certaine Esma Djayan. Une jeune femme au visage maigre et délicat, aux grands yeux, un nourrisson dans les bras, les fixe.

– Elle a dû mourir avec son bébé, fait remarquer le garçon.

Lela aperçoit alors la jeune femme.

– Dans un cas pareil, on dit que la femme est morte en couches, dit-elle après réflexion.

– Oui, elle est morte en couches, répète-t-il.

Il semble soulagé de penser que le sort a épargné une telle mort à sa mère.

Ils restent un moment ainsi, comme s'ils n'étaient pas venus seulement pour Sergo, mais aussi pour Esma Djayan et son enfant.

– Je quitte l'internat… dit soudain Lela. Mais ne le dis à personne. J'ai une affaire à régler avant… Puis je pars.

– Tu pars ? Mais où ? demande Irakli, attristé.

– Je ne sais pas… quelque part… Je ne sais pas encore…

Irakli se lève et regarde Lela comme s'il était abandonné pour la seconde fois.

– Si tu n'en parles à personne et si tu m'aides un peu, reprend-elle l'air de rien, je t'emmènerai avec moi. Tu ne le mérites pas, mais…

Puis, comme si elle se réveillait d'un coup, elle réprimande Irakli :

– Bouge-toi, cherche sur cette autre colline… Il est possible que cette femme soit enterrée là. Sergo est à côté d'elle. Si on trouve la femme, on trouvera aussi Sergo.

Irakli regarde les fleurs qu'il a réchauffées dans sa main, maintenant complètement flétries. Il a l'air gêné d'apporter un si pauvre présent à Sergo.

– C'est là ! C'est là ! crie-t-il en se mettant à courir.

Lela se lève pour le suivre.

– Ça ne peut pas être là ! crie-t-elle.

Irakli dévale la pente, mais Lela se souvient que la tombe de Sergo est plus haut.

Tous deux s'arrêtent devant une tombe. Le portrait d'une femme souriante, une certaine Tsira Motsonelidzé, est gravé sur la pierre tombale. Elle est décédée en 1992, toute jeune, à l'âge de vingt ans. Sur la tombe voisine, on voit les traces récentes d'un cierge et tout autour la terre a été fraîchement remuée : on vient d'y enterrer Mikhako Motsonelidzé, probablement le père de Tsira.

Irakli et Lela sont perdus. Leur seul repère dans cet endroit désert est le paquebot bordant le cimetière, qui plonge dans la mer sa proue intacte.

– Lela, dit Irakli, tu te souviens peut-être mal, fais un effort, ce n'était peut-être ni Nazi ni Neli Aïvazova…

– Est-ce que je sais… c'était une femme, elle souriait et sa pierre était noire… elle ressemblait un peu à Dali.

Irakli, le visage tourmenté, observe le cimetière de tous les côtés, mais rien ni personne n'éveille son attention.

– Quel était le nom de Sergo ?

– Vardochvili, je crois.

– Sergo Vardochvili, dit Irakli.

Il voit alors la tombe d'un certain Otariko.

– Il est mort à quel âge, celui-là ?

Lela plisse les yeux.

– Né en 1978… Donc il est mort à dix-sept ans, un an de moins que moi.

Lela regarde le portrait en pied du jeune homme, gravé sur la haute stèle de pierre, de couleur claire. Le jeune homme sourit. Ses habits ont été reproduits à partir d'une photo, avec une grande précision : un jean facilement reconnaissable, un gros pull-over en laine rentré dans le pantalon et un gilet sans manches en peau de mouton par-dessus. Otariko, souriant, tient un pistolet.

Un chien passe entre les clôtures des tombes, tête baissée, sans regarder les enfants, sans même remarquer leur présence. Le chien n'a pas peur d'eux et ne cherche pas non plus à leur faire peur. Il passe en traînant la patte et en tortillant sa maigre croupe. Ils le suivent du regard, tout surpris. Dans ce coin où règne la mort et où les signes de vie sont si rares, un être vivant vient de passer sans dire bonjour ni au revoir.

– On y va, dit Lela.

– Où ça ?

– À l'internat, répond Lela, et elle se retourne.

Elle prend comme point de repère le Titanic pour réussir à sortir du cimetière.

Irakli regarde les plaques tombales. Il veut retrouver le nouveau-né et lui laisser les fleurs, mais la recherche se révèle infructueuse et il dépose les fleurs sur la tombe d'Isabella Gueguetchkori. Il n'y a ni portrait de la défunte, ni bougie, ni présent…

– Nous n'avons pas trouvé Sergo, regrette Irakli.

– Non, nous n'avons pas réussi, acquiesce Lela.

En remontant la rue de Kertch, ils sont surpris de voir Vaska au bout de la rue, près de l'arrêt de bus. Assis sur la margelle d'un puits en béton, il fume. Il sourit à la vue des arrivants.

– Qu'est-ce que tu fais ici ? demande Lela.

– Rien, répond Vaska.

– File-moi une clope.

Vaska sort de sa poche un paquet et le tend à la jeune fille. Lela est étonnée en voyant que Vaska a un paquet entier.

– Waouh !

Elle rit et prend une cigarette.

– Prends-en d'autres, propose Vaska, et il fixe Irakli. Alors, tu n'es pas parti pour l'Amérique ?

– Non. Comment tu le sais ? lui rétorque le garçon.

– Tsitso est revenue et a tout raconté à Dali. Dali veut te battre.

– Qu'elle aille se faire foutre ! dit Lela, qui allume sa cigarette et se dirige vers l'internat accompagnée d'Irakli.

– Tu as vu ? demande Irakli.

– Quoi ?

– Le sac.

– Quel sac ?

– Vaska avait un sac à ses pieds.

Lela cherche à s'en souvenir, mais en vain.

– Et alors ?

– Je pense qu'il part.

– Il part ? Mais où ?

– Il se barre d'ici.

– Bah !

– Quoi, bah ! Sinon pourquoi il prendrait son sac ?

Lela réfléchit. Puis elle crache sur le côté.

– Qu'il aille au diable !

Ils continuent à marcher en silence. Bientôt, ils voient l'immeuble voisin, l'école de l'autre côté de la route, le jardin d'enfants, l'Univermag et, plus près, le magasin de Zaïra, illuminé… En face, l'internat, leur maison, entouré de sapins, se dessine dans le crépuscule.

– Lela, tu crois qu'ils vont me battre ? demande Irakli prudemment.

– S'il faut te battre, je pourrai très bien le faire. Que les autres s'occupent de leurs fesses !

Irakli fume une cigarette et ressent un vertige agréable. Lela imagine leur arrivée à l'internat. Les enfants et les enseignants les entoureront et feront un beau tapage. Le cœur d'Irakli se met à battre la chamade devant le portail. Lela est prise d'un mauvais pressentiment.

– Reste avec moi et ne t'éloigne pas d'un pas, dit-elle à Irakli avec une précaution de voleur.

Cela semble réjouir Irakli.

– Je ne m'éloignerai pas de toi.

À l'entrée, ils voient Kolia et quelques enfants se précipiter. Ils ont bien remarqué les revenants, mais ils ne s'arrêtent pas pour autant et courent comme s'ils avaient le diable à leurs trousses. Irakli et Lela entrent dans la cour ; Levan, qui les a vus, court lui aussi comme un dératé. Ils ne comprennent pas ce qui se passe.

Paco et Stella arrivent en courant du côté du stade. Paco devance Stella dont les chaussons traînent sur le sol. Lela et Irakli se dirigent vers le réfectoire, mais les autres enfants en sortent, suivis de Dali.

– Vano est tombé, leur dit Paco.

Le petit a les yeux qui lui sortent de la tête, comme le Mickey de son t-shirt. Visiblement, il est plus bouleversé par cet événement que par le départ manqué d'Irakli. Il se dépêche pour rattraper Stella qui a pris de l'avance.

Irakli se met à courir derrière les enfants : il a lui aussi oublié l'Amérique.

Lela demeure clouée sur place. Ses oreilles bourdonnent et elle n'entend rien. Légère, comme dépourvue de poids, elle s'assied sur le banc entre les sapins, appuie sa tête contre un tronc et ferme les yeux. Dans l'obscurité, elle voit le visage de Vaska. Vaska sourit.

COMPOSITION ET MISE EN PAGES
NORD COMPO À VILLENEUVE-D'ASCQ

CET OUVRAGE A ÉTÉ ACHEVÉ D'IMPRIMER
SUR ROTO-PAGE
PAR L'IMPRIMERIE FLOCH À MAYENNE
EN OCTOBRE 2023

N° d'impression : 103447
Dépôt légal : novembre 2023
Imprimé en France